« Il faut qu'il croisse et que je diminue. »

Évangile selon Jean, 3,29-30

PREMIÈRE PARTIE

LE GRAND LOUP ROUGE

1
L'hôte imprévu

1er août 2018

On devinait la lumière d'août à travers les rideaux. Il faisait déjà grand jour. Elle s'étira, veillant à ne pas frôler le corps d'Antoine, allongé nu près d'elle. Elle laissa s'étioler les dernières images de son rêve. Elle retrouvait un ami cher, perdu de vue depuis de longues années. Assis par terre dans son grenier, il avait le dos recouvert de toiles d'araignée. Un à un, elle arrachait les fils d'argent. Elle s'apercevait alors que ce n'était pas une araignée, mais un crapaud, qui avait tissé sa toile à même la peau de l'ami oublié.

Antoine dormait sur le dos, un bras replié sous sa tête. Il ronflait à peine. Comme toujours, la beauté de son visage l'émut, même si l'âge commençait à estomper la précision de ses traits. Déjà vingt et un ans qu'elle aimait cet homme, le considérant tour à tour comme son amant, son meilleur ami, son confident, son frère, elle qui n'en avait pas eu.

Quand ils s'étaient rencontrés, elle avait dix-neuf

ans. Elle en aurait quarante dans quelques jours et elle n'imaginait pas comment elle avait vécu ou aurait pu vivre sans lui. Elle aimait la monotonie du quotidien, les bonheurs minuscules, les moments où l'habitude abolissait l'angoisse. Quiconque eût interprété cet amour comme une forme de résignation serait passé à côté de l'essentiel. Certains jours, Alex aimait Antoine avec exaltation.

Il avait dû sentir qu'elle était éveillée car il ouvrit les yeux. Il lui sourit, avant de se rendormir. Sa faculté à s'assoupir en un instant avait toujours paru à Alex un talent hors du commun. Pour elle, nuit après nuit, le sommeil était un combat. Elle s'allongeait sur le ventre, les bras repliés, les poings serrés au niveau des épaules, un bout de la couette posé sur son oreille. Ensuite, elle se repassait les événements de la journée, elle anticipait ceux des heures à venir. Elle dressait des bilans de sa vie, elle rédigeait mentalement des listes de tâches à effectuer, elle se mettait des notes. Elle évaluait notamment son niveau d'anxiété, sur une échelle de un à dix. Les jours à un, deux ou trois étaient ceux où elle était certaine de ne croiser personne. Ceux qui grimpaient jusqu'à quatre, cinq ou six étaient ceux où elle allait devoir se confronter aux autres. Elle avait toujours fui les inconnus, l'inconnu en général, rechignant à appeler l'administration ou les services de téléphonie, renonçant à entrer dans une boutique pour ne pas avoir à adresser la parole aux commerçants, n'allant jamais seule dans un café. D'après les psychiatres, ce trouble était dûment répertorié et portait le nom de « phobie sociale ».

Mais comme Antoine se chargeait de faire l'interface entre le monde et elle, Alex ne le vivait pas comme un handicap.

Aujourd'hui, un étranger allait venir. Elle l'accueillerait en famille puisqu'on était en pleines vacances scolaires. Après réflexion, elle s'attribua ce matin-là un score d'anxiété de quatre sur dix.

Elle avait décidé d'ouvrir des chambres d'hôtes sept ans plus tôt. L'unique salaire d'Antoine, professeur de physique-chimie dans un lycée de Nantes, ne suffisait plus à payer l'entretien du domaine. La facture d'électricité était faramineuse, il fallait acheter un petit tracteur pour tondre le champ, la réparation du poêle avait coûté cinq mille euros. Le terrain d'un hectare et la maison de deux cent cinquante mètres carrés allaient dévorer leurs économies et leur temps libre. Mais Alex s'était laissé séduire par la mare bordée de saules pleureurs, par le cabanon et par la forêt de bouleaux qui délimitait leur propriété.

Le domaine des Bruyères se trouvait à Petit-Mars, un minuscule village de Loire-Atlantique dont la particularité résidait dans le nom de ses habitants : les Martiens et les Martiennes. Quoique à vingt minutes du centre-ville de Nantes, l'endroit était rural, entouré de marais. L'humeur d'Alex s'accordait intimement avec l'atmosphère paisible, hors du temps, les eaux noires où s'étalaient les nénuphars, avec les barques au fond troué qui coulaient avec une telle lenteur qu'il leur fallait des années avant de disparaître.

Alex avait mis du temps avant de se résoudre à

ouvrir le domaine à des inconnus, mais elle n'avait pas regretté son choix. Les vacanciers qui avaient des enfants faisaient le ravissement d'Agathe et de Thaïs, heureuses de rompre momentanément leur solitude ; les jeunes couples ou les célibataires restaient généralement des compagnons discrets, presque des ombres.

Les Marsan recevaient en moyenne une dizaine de visiteurs par an, guère plus. Chacun d'entre eux représentait une promesse et une menace. Ainsi en était-il de l'hôte qui devait arriver dans l'après-midi.

Il s'appelait Selim Lakhdar.

Alex avait beaucoup rêvé autour de ce patronyme, qui lui semblait vaguement familier sans qu'elle parvînt à en identifier la raison. Elle s'était figuré un homme aux cheveux courts, au visage mince et aux yeux étranges. Elle l'avait placé à Alexandrie, dans des ruelles couvertes de poussière d'or, au milieu de mendiants lettrés et magnifiques.

Puis le souvenir était remonté à la surface. Selim Lakhdar était un personnage de roman. Il apparaissait brièvement dans l'un des premiers livres de Charles Berrier.

Selim Lakhdar, trente ans et des poussières, était manutentionnaire-cariste dans l'Yonne, il subissait de plein fouet la crise financière. Après avoir été licencié, il luttait pour s'en sortir en vivant, comme on disait, du « système D ». Cigarettes tombées du camion, revente de cannabis ou de produits de contrefaçon. Le livre, *En pièces*, s'attachait à son quotidien : sa difficulté à payer ses factures, le RSA qui tardait à venir, le trafic de son compteur d'électricité, ses parties de cartes avec des copains – une vie minuscule, transcendée par l'amour qu'il vouait à sa sœur Djamila. Cette relation sentimentale, mais également charnelle, constituait le seul bonheur et l'unique marque du sublime d'une existence par ailleurs tournée vers la survie matérielle.

Alex s'arracha à son lit, enfila un tee-shirt d'Antoine qui lui arrivait à mi-cuisse et descendit dans la cuisine. Elle se fit un café très noir qu'elle partit boire dans le salon, ouvert sur le jardin par une vaste baie vitrée. Éblouie par le soleil d'été, Alex cligna des yeux. Il faisait beau, les fleurs sauvages avaient envahi le champ bordant leur domaine.

Dans les herbes, elle aperçut Agathe. La petite jouait déjà, accroupie dans les pissenlits, les myosotis et les marguerites. Elle releva vers sa mère son petit visage rieur. Comme chaque fois, Alex fut saisie d'émotion devant les yeux sombres et vifs de sa benjamine.

Agathe se leva, courut vers sa mère, se jeta dans ses bras si brutalement qu'elle heurta sa jambe. Elle avait toujours du mal à contrôler ses mouvements et ses pensées. Un jour, un maître agacé l'avait dite hyperactive, mais l'avis des maîtres n'intéressait pas Alex, qui savait les trésors de concentration dont l'enfant était capable lorsqu'elle se passionnait pour quelque chose. Sa clarté d'esprit. Sa mémoire d'ordinateur, les connexions qu'elle établissait, sa manie du détail. Alors, elle laissait dire que sa fille était remuante, fatigante et bavarde, et elle gardait pour elle les moments où la fillette, assise sur ses genoux, la dévorait des yeux tandis qu'elle lui décrivait les trois cœurs et le sang bleu de l'encornet géant.

Thaïs descendit bien plus tard. Elle était maintenant une adolescente et restait parfois au lit jusqu'à onze heures. En cet été 2018, elle mesurait déjà cinq centimètres de plus qu'Alex, sans que ce changement dans leurs proportions respectives influât sur leur relation. Thaïs recherchait toujours l'affection de sa mère, comme lorsqu'elle était enfant, s'asseyant sur ses genoux, se blottissant dans ses bras, exigeant d'être appelée par des diminutifs affectueux. Alex s'étonnait, et s'enorgueillissait, d'avoir engendré cette grande fille calme, pondérée et secrète – elle qui ne possédait aucune de ces qualités. Thaïs embrassa sa mère, resta un moment pendue à son cou avant de s'arracher à son étreinte et de saluer son père et sa sœur.

En temps normal, Antoine déposait les filles à l'école en se rendant à Nantes, au lycée Clemenceau où il enseignait. Dans la mesure du possible, Alex évitait les interactions avec l'école, les parents d'élèves, le personnel enseignant, qui l'effrayaient tout particulièrement. Sa scolarité, du primaire au lycée, ne lui avait laissé que des souvenirs de combats et de cruauté. On la disait trop sensible.

Ses filles semblaient mieux armées qu'elle pour affronter cet univers brutal. Elle préférait néanmoins ne pas être témoin des conflits quotidiens auxquels elles se livraient et qu'Alex trouvait insurmontables.

Elle ne se rappelait plus depuis combien de temps elle *les* craignait. D'aussi loin qu'elle s'en souvienne. Elle se revoyait à six ans, ravie parce qu'une « grande » de CM1 l'avait prise sous sa protection. Pourtant elle n'était pas battue, pas même harcelée. Alors de quoi fallait-il être protégée ?

Elle craignait la cruauté des autres – physique mais surtout mentale. Aujourd'hui encore. Elle ne comprendrait jamais ceux qui n'ont pas peur, ceux qui n'y pensent pas, ceux qui ont confiance. Derrière chaque visage, elle imaginait l'abîme de noirceur. La main de celui qui appuie sur le bouton pour déclencher la décharge électrique dans l'expérience de Milgram. Quelle confiance ? Confiance en quoi, si n'importe qui, soumis à un ordre, est prêt à vous torturer jusqu'à la mort ? Depuis la découverte de la Solution finale, de Dachau, d'Auschwitz, de Buchenwald, de Ravensbrück, de Belzec, de Sobibor, de Treblinka, qui pouvait encore croire en l'humanité ? Une espèce qui non seulement massacre toutes les autres mais se détruit elle-même doit être évitée à tout prix. Il ne s'agit pas de cultiver son jardin, mais d'y dresser des murs, des barricades, pour se mettre à l'abri.

Aucune bête aussi féroce. Aucun animal plus cruel.

Le matin, dès leur départ, Alex se mettait à sa table, devant la fenêtre, et elle écrivait. Des nouvelles. Toujours brèves. Alex avait l'imagination débordante mais l'écriture laborieuse. Une page chaque jour, et encore. Ensuite, vers midi, elle se mettait aux travaux physiques. Elle montait des meubles, repeignait des volets, passait de nombreuses heures à tondre le champ ou à ramasser les feuilles. Elle faisait brûler l'herbe dans un petit foyer protégé par un muret de brique. Lorsqu'il y avait des hôtes, elle préparait leurs repas, nettoyait leur chambre et, si elle y était obligée, elle leur faisait la conversation.

Mais aujourd'hui, toute la famille serait là pour accueillir Selim Lakhdar. L'invité ne devant arriver qu'en début d'après-midi, Antoine avait décidé d'emmener les filles faire des courses dans un centre commercial de Carquefou.

Encore vêtue du tee-shirt d'Antoine, Alex entreprit de faire le ménage de la chambre qu'elle lui réservait la meilleure. Antoine et Alex avaient récupéré les combles, et y avaient aménagé un lieu vaste, agréable, légèrement en soupente mais éclairé par deux grands hublots ouverts sur le ciel. Alex garnit de draps blancs le lit à deux places. Elle déposa dans un vase transparent un bouquet de fleurs des champs qu'elle venait de cueillir. Elle disposa sur un bureau situé sous l'un des hublots un panier de pêches, de brugnons et d'abricots.

Tandis qu'elle achevait sa tâche, l'escalier grinça. Antoine et les filles devaient déjà être de retour. Elle se retourna pour les accueillir.

Un étranger s'encadrait dans la porte. À première vue, l'homme ressemblait à un clochard. Un monstre, un géant. Il était immense et son corps massif était surmonté de cheveux roux hirsutes. Il portait une longue barbe frisée. Ses yeux bleus étaient cerclés de lunettes à montures sombres.

— Je suis en avance. Le taxi m'a déposé plus tôt que prévu. Je m'excuse si je vous ai fait peur. Ce n'était pas mon intention. Ou peut-être que si, après tout. Avec les gens de mon espèce, rien n'est jamais sûr !

Il ponctua sa phrase d'un rire si sonore qu'il sembla à Alex qu'il éclatait dans sa poitrine.

C'est alors qu'elle le reconnut. Ce n'était ni un clochard ni un Égyptien. D'ailleurs il ne s'appelait pas Selim Lakhdar.

L'homme qui venait de pénétrer chez elle, c'était Charles Berrier.

2

Incognito

Charles Berrier, le grand écrivain. Ici, aux Bruyères. Sous le nom d'un de ses personnages. Alex eut l'impression qu'elle venait d'entrer dans une dimension parallèle. De ces autres mondes qui, par une fissure, vous aspirent loin de tout ce qui vous était jusque-là familier.

Charles Berrier comprit qu'elle l'avait reconnu. Il esquissa un très léger sourire.

— Je voyage incognito, dit-il. J'ai besoin d'un peu de tranquillité.

Alex resta muette, toujours sous le choc de cette apparition. Heureusement, le retour d'Antoine et des filles lui permit de recouvrer ses esprits.

Contrairement à Alex, Antoine exprima sa surprise :

— On ne vous attendait pas à cette heure-ci. Et, surtout, on ne vous attendait pas *vous*.

Charles Berrier balaya l'air de sa main gauche, comme si son identité réelle n'avait pas plus d'importance qu'une mouche.

— Selim Lakhdar est un nom d'emprunt, mais

son propriétaire me pardonnera : il a une dette envers moi. À moins que ce ne soit l'inverse.

Son autosatisfaction était tempérée par une joie enfantine, qui le rendait attachant, quoi qu'il pût faire ou dire. Il reprit d'un ton plus grave :

— Je ne veux surtout pas déranger votre organisation. Je peux aller me promener et revenir plus tard.

Antoine répondit qu'il n'en était pas question et qu'il allait leur servir un café pendant qu'Alex terminait la chambre. Charles Berrier répondit qu'il préférait un verre de rosé. Alex continuait à hocher la tête, incapable de trouver les mots appropriés. Elle était consciente de toujours porter le tee-shirt d'Antoine qui lui arrivait à mi-cuisse. Mais l'écrivain eut la grâce de ne pas le lui faire sentir. Son regard restait rasant, au niveau des yeux. Jamais il ne descendit un centimètre plus bas que son menton.

Quand, vêtue de jean, elle les rejoignit sur la terrasse, Charles Berrier et Antoine discutaient à bâtons rompus. Elle s'assit près d'eux. Plus loin, dans le champ, les filles répétaient des mouvements de gymnastique. La proximité de l'auteur célèbre avec les figures familières de son existence donnait à Alex un sentiment de vertige.

Elle l'écoutait, mais aucune des phrases qu'il prononçait ne faisait sens. Elle fixa son attention sur ses mains, ses ongles rongés, la façon si particulière qu'il avait de tenir le pied de son verre de rosé, comme si ce n'était pas lui qui tenait le verre mais bien le verre qui le soutenait. Pourtant,

Charles Berrier n'était ni ivre ni même éméché. Alex apprendrait au fil des jours que c'était sa façon habituelle de se saisir des choses et des êtres, de les étreindre comme si sa vie en dépendait.

Derrière Charles Berrier, un peu sur sa droite, il y avait l'étang et les saules pleureurs. Le visage de l'écrivain se découpait sur leurs feuilles qui retombaient en cascade vers l'eau noire. Alex reporta son attention sur le paysage. Alors seulement, elle put entendre ce qu'il disait. Désireux de s'éloigner de Paris et de ses mondanités, il était parti sur un coup de tête, sans avertir quiconque de sa destination. Il reviendrait quand son manuscrit serait terminé car, « avec tous ces cons, impossible d'écrire une ligne ».

— Je ne sais pas encore combien de temps je vais rester. Ça dépendra de l'avancée du livre. Un mois ou deux. Au plus tard, je dois être rentré le 1er octobre. Je participe à un atelier d'écriture à la Sorbonne. Encore une de leurs conneries pour faire croire à n'importe quel âne bâté qu'au fond de lui, s'il creuse assez longtemps, il finira par déterrer Rimbaud !

— Si ce n'est pas indiscret, comment vous nous avez trouvés ? demanda Antoine. On n'est pas la destination favorite des stars. On n'est même pas très bien recensés sur les sites de maisons d'hôtes. Ou alors, on nous a trompés !

Charles Berrier rit. Un rire étrange, qui partait dans les aigus.

— C'est vrai, je ne vais pas vous mentir : vous n'êtes pas la destination la plus *hot* du moment, et c'est précisément la raison pour laquelle je vous ai choisis. Je voulais un endroit où personne ne vienne m'emmerder.

Le verbe « emmerder » réveilla tout à fait Alex de sa stupeur. C'était lui, c'était vraiment lui. Elle l'avait vu à la télévision, elle se rappelait ses célèbres envolées contre « les connards de tout poil et autres abrutis congénitaux ». Ce registre familier, parfois vulgaire, en contraste avec le style lyrique et sobre de ses romans.

Charles Berrier était un de ses auteurs préférés. Elle adorait ses longs récits romanesques, dédiés à la vie des petites gens dans les zones périurbaines. Des « citoyens fantômes », comme il les appelait.

— Ma femme ne vous le dira pas, mais elle écrit aussi, vous savez, lança Antoine à brûle-pourpoint.

Antoine essayait toujours de la mettre en valeur. Pour lui, les petites nouvelles d'Alex avaient autant d'importance que n'importe quel roman-fleuve de Charles Berrier. Qu'il eût reçu le prix Goncourt pour son quatrième livre, *Les marcheurs immobiles*, n'y changeait rien. Elle sentit le rouge lui monter au visage. Berrier allait peut-être rire ou s'offusquer de la comparaison entre lui, l'auteur multiprimé, publié dans une prestigieuse maison d'édition, et la femme en jean, assise en face de lui. S'il fut choqué de la comparaison, il se garda bien de le dire. Il hocha poliment la tête et s'intéressa, ou fit semblant de s'intéresser, à Alex.

— J'adore les nouvelles. Il n'y a que les grands auteurs qui sont capables d'en écrire. Moi-même, je n'ai jamais réussi. Si j'ai de la chance, vous me les ferez peut-être lire…

Comme Alex ne répondait rien, Antoine prit les devants :

— Bien sûr qu'elle vous les fera lire !

Alex se perdit dans ses pensées. Vingt-deux ans plus tôt, elle avait tenté sa chance à Paris. Elle voulait écrire, elle était persuadée d'avoir la discipline suffisante pour s'asseoir chaque jour devant son bureau et rédiger quelques pages. Sa mère croyait dur comme fer à son génie, elle avait même décidé de dépenser ses économies pour offrir à sa fille une année sabbatique dans un studio du treizième arrondissement.

Rapidement, il s'avéra qu'Alex avait la discipline, mais pas le talent nécessaire. Des mondes et des personnages vivaient et vibraient en elle, mais ils étaient trop vastes, trop désordonnés. Les êtres qui sortaient de son cerveau prenaient leur autonomie, ils débordaient, réalisaient d'étranges cabrioles, ils arrachaient les ailes des oiseaux et crachaient des nuages orange. Ils se défonçaient à l'opium dans des pièces obscures et minuscules. Ils cueillaient des fleurs de jade en regardant couler les murs. Ils avalaient des rafales de vent, riaient au rythme des marées et bâillaient des licornes hérissées d'épines. Ils survivaient à des monstres sacrés, se mesuraient aux dieux des égouts. Mais jamais, mis bout à bout, ces fragments ne formaient une histoire.

Alex créait des mondes sans ordre, sans loi ni rime ni raison. Des mondes marchant sur la tête, volant à contretemps.

Au bout de quelques mois, trois ou quatre

peut-être, le chaos qu'elle déversait sur ses feuilles finit par envahir sa tête. Et c'est là que l'événement s'était produit.

Alors qu'elle rentrait chez elle après avoir posté un manuscrit à plusieurs maisons d'édition, Alex avait heurté un inconnu dans la rue. L'homme l'avait insultée, il l'avait traitée de connasse. Elle avait eu une réaction imprévue. L'anxiété n'avait pas noué son ventre ni paralysé son corps, comme c'était le cas habituellement. Elle avait entraîné un déchaînement de violence. Un réflexe de survie. Alex s'était tournée vers l'homme, l'avait frappé. Pas une gifle : un coup de poing dans la gueule. Il avait porté plainte. Cette plainte l'avait conduite en hôpital psychiatrique. La peur de passer devant un tribunal avait été si violente qu'elle avait emporté l'équilibre psychologique d'Alex.

Elle fut internée à Sainte-Anne. Des médecins lui diagnostiquèrent alternativement une personnalité psychotique à tendance schizoïde, une « phobie sociale » ou un simple épisode dépressif. Quatre semaines sous Prozac, et le manque de lits à l'hôpital, suffirent à la remettre sur pied. Elle attribua à Paris la source de ses maux et décida de s'en éloigner pour préserver sa santé mentale. Elle se détourna des romans trop ambitieux, sans arrêter toutefois d'écrire des formes courtes, souvent inachevées.

Son dernier recueil de nouvelles ne comprenait pour l'instant qu'un seul texte, qui relevait davantage de réflexions personnelles que d'une histoire réellement structurée, autour de Xavier Dupont de Ligonnès.

La passion d'Alex pour l'homme qui avait abattu sa famille restait incompréhensible, même pour elle. Ils étaient tous les deux originaires de Nantes, mais cela ne suffisait pas à justifier un tel intérêt. Sa fascination se nichait surtout dans les détails : la façade terne de la maison située sur le boulevard Robert-Schuman, le fait que Ligonnès eût enterré ses deux chiens avec le reste de la famille, les textos qu'il avait envoyés à ses enfants pour les inciter à revenir et qu'elle connaissait par cœur. Ceux qu'il avait rédigés au nom d'un de ses fils, qu'il avait tué deux jours plus tôt : « Je n'ai plus de batterie, mon père va me chercher un nouveau chargeur. » Leur terrible quotidienneté.

D'autres éléments ténus, dont la banalité prenait un éclat tout particulier à la lumière de la tragédie à venir : le 3 avril, le couple et trois des enfants étaient sortis dîner au restaurant avant d'aller au cinéma. Xavier Dupont de Ligonnès les avait tués dans la nuit qui avait suivi. Trois semaines plus tôt, il avait hérité de son père une carabine 22 Long Rifle. L'arme qu'il utilisa. Est-ce cet héritage qui l'avait poussé à passer à l'acte ? Que se serait-il passé s'il n'avait pas reçu cette carabine ? Ses meurtres tenaient-ils à cela, un déclencheur extérieur et fortuit, ou étaient-ils inscrits au plus profond de sa chair, dans son ADN ?

Alex avait deux certitudes : Xavier Dupont de Ligonnès avait tué sa famille, et lui-même était toujours en vie. Ce profil de tueur ne pouvait pas mettre fin à ses jours de façon discrète. Il lui fallait brûler les planches. Après l'immensité de son forfait, il ne pourrait se résoudre à s'effacer pudiquement de la scène. Non, il lui faudrait saluer son public et en être acclamé avant de rejoindre les coulisses.

Impossible qu'on ne retrouvât ni corps ni lettres. Un homme tel que lui chercherait forcément à transformer ses meurtres en récit.

Brusquement, elle prit conscience que le romancier la dévisageait. Elle bredouilla quelques mots sur le linge qu'elle avait oublié de récupérer et s'en fut sans plus de cérémonie, laissant les deux hommes terminer leur verre.

Le linge était accroché à un fil suspendu entre deux arbres. Heureuse, Alex s'approcha de l'eau noire. Des bruits de plongeons accueillirent son arrivée. C'était l'époque où les nombreux têtards se transformaient en minuscules grenouilles qu'elle essayait d'attraper dans ses mains : Thaïs s'en détournait avec horreur mais leur corps monstrueux, croisement de plusieurs possibles, et leurs mouvements désordonnés passionnaient Agathe.

Les feuilles du saule pleureur brillaient. Alex fit un pas vers l'étang. Son pied s'enfonça dans la terre humide. Aussitôt, elle se sentit mieux, en accord avec des forces obscures et profondes connues d'elle seule.

Elle tourna le dos à la maison. Et les bouleaux devinrent son unique horizon. Et la présence de l'écrivain s'effaça.

3

Jekyll et Hyde

Durant tout l'après-midi, Charles Berrier resta dans sa chambre. Il écrivait, sans doute. Alex croyait sentir la puissance de son inspiration baigner la maison. Aussi préféra-t-elle sortir. Elle passa le reste de la journée à ramasser des feuilles et à couper des mauvaises herbes. Le soir, elle dressa la table pour Charles Berrier. Mais l'auteur insista pour dîner en leur compagnie, « à la bonne franquette ».

Antoine avait préparé des plats de saison : du melon avec du chèvre et de la menthe, du poulet froid, des fromages de la région et un sorbet à la framboise. L'écrivain reprit trois fois du dessert, à la plus grande joie des filles qui en profitèrent pour se resservir également.

Charles Berrier avait une descente extraordinaire. Alex cessa bientôt de compter les verres de rosé qu'il engloutissait à la chaîne. Chez cet homme, tout semblait gigantesque. Sa taille, l'épaisseur de ses cheveux et de sa barbe, son ventre, son appétit, sa voix tonitruante. Il parlait d'abondance, enchaînant les anecdotes. Il avait un talent certain pour raconter les histoires, notamment ses déboires dans le monde de l'édition.

C'est certainement son sens de l'autodérision qui emporta Alex dans une spirale destructrice. Elle qui se méfiait de tout et de tous commença à baisser sa garde, vaincue par l'humour de l'écrivain. Il faut dire qu'il en faisait beaucoup pour descendre de son piédestal, revenir à hauteur d'homme.

— Un jour, raconta-t-il, j'ai accepté une invitation dans un festival assez obscur de l'Yonne. Les organisateurs avaient dressé un chapiteau au milieu des champs, il faisait un froid de canard et aucun lecteur ne venait s'aventurer sous notre pauvre tente, ouverte à tous les vents. Avec les quelques auteurs qui, comme moi, avaient accepté l'invitation, on se regardait en chiens de faïence, derrière nos piles de livres. À vingt-trois heures, à la fin d'un repas interminable, une bénévole antipathique m'a conduit au château dans lequel je devais dormir. Ma chambre se trouvait dans un ancien pigeonnier tout au fond du domaine, séparé par un parc du bâtiment principal.

« Au moment de me laver, je ferme la porte pour me protéger du froid. Mais quand je veux sortir, je m'aperçois que le ressort qui permet d'actionner la poignée s'est cassé. Me voilà enfermé dans cette salle de bains, en haut du pigeonnier, au fond du parc !

Charles Berrier s'arrêta un instant pour lancer son rire de soprano.

— J'attends. Rien ne vient. Je me résous à ouvrir

la fenêtre pour examiner la situation. Je pourrais sauter mais je me tordrais une cheville. Alors je me mets à crier au secours pour que quelqu'un vienne. Je braille, je m'époumone. Personne. Je vois les lumières s'éteindre une à une aux fenêtres du château. Je finis par m'endormir dans la baignoire, frigorifié, vers cinq heures du matin. Au petit matin, je défonce la porte d'un coup d'épaule. Et au petit déjeuner, je me rends compte que tout le monde discute de mes hurlements. Ils m'avaient tous entendu, mais pas un de ces connards n'est venu !

Chaque histoire désamorçait un peu plus l'appréhension d'Alex à l'endroit de Charles Berrier. Il lui paraissait plus familier, plus proche, presque fragile. Aussi, le lendemain matin, accepta-t-elle de s'asseoir à sa table pour le petit déjeuner comme il l'y invitait. De la même façon qu'il semblait engloutir tout ce qu'il approchait, il ne laissait aucune place au silence. Aucun vide, aucun espace inoccupé.

— J'ai l'idée d'un livre mais impossible de me lancer. C'est la première fois que ça m'arrive. Je ne comprends vraiment pas ce qui se passe. Pourtant d'habitude j'écris comme je respire. Je ne suis pas du genre à me censurer. Mais là, rien. Je réfléchis et je me creuse la tête. Du coup, je ne fais rien du tout. Malheur à ceux qui pensent, ils ne savent plus créer !

— Il parle de quoi votre livre ?

— C'est une sorte de Jekyll et Hyde rural. Une jeune fille élève des porcs dans une ferme. Mais chaque matin, elle en retrouve un égorgé. Elle fait appel aux gendarmes mais ils ont bien d'autres soucis en tête. Alors, elle décide de retrouver elle-même le meurtrier de ses cochons. L'occasion d'un voyage dans cette France oubliée – je voudrais que l'histoire se passe près d'ici. Une zone rurale qui s'étiole, qui meurt en silence dans l'indifférence générale.

« À travers la recherche de mon héroïne, on plongera au milieu de ces gens sans importance, de ces anonymes bouffés par la compétitivité mondiale. Tous, plus ou moins, ont un mobile pour tuer les cochons. La vengeance, l'ennui, la cruauté, l'oisiveté.

« Et finalement, mon héroïne finit par comprendre que c'est elle qui les tue. Elle est double, dissociée – un psy dirait "schizophrène" mais *fuck* les psys ! Quoique… En fait, ce que j'adore chez eux, c'est qu'ils nomment tout mais ne résolvent rien. Ils vous aident à mettre un mot sur une pathologie qu'ils sont impuissants à soigner.

« Vous avez déjà vu un type être guéri après vingt ans d'analyse ? Moi, jamais ! Il explique juste que maintenant, il "se comprend mieux".

« Mais à quoi ça sert de se comprendre ? C'est comme expliquer l'infection de son conduit auditif à un mec qui souffre d'une otite sans lui filer d'antibios ! Il va continuer à avoir mal, pas vrai ? Au fond, les psys sont encore plus inutiles que nous autres, écrivains. Bref, je digresse. Ce que je veux peindre, c'est mon héroïne qui fauche la nuit ce qu'elle fait vivre le jour. Qu'est-ce que vous en pensez ?

Alex resta muette. Cette histoire lui plaisait.

Peut-être trop. Elle s'identifiait à la porchère qui tuait d'une main ce qu'elle nourrissait de l'autre. Comme Dupont de Ligonnès avait élevé ses enfants pour finalement les couler sous une dalle de béton. Mais elle se garda bien de partager ses réflexions avec l'écrivain. Elle se contenta de lui répondre par une question :

— Et pourquoi vous ne l'écrivez pas, cette histoire ?

Sa question amusa l'écrivain. Tandis qu'il riait, la tête penchée vers l'arrière, sa barbe restait étrangement immobile, comme une mousse, à la fois compacte et fragile.

Puis il dit :

— Figurez-vous que j'ai bien réfléchi à la question. Et ma conclusion est sans appel : c'est à cause des femmes. Toujours les femmes. Quoi d'autre ?

En prononçant ces mots, il la regardait fixement. Il traquait ses réactions. Il cherchait à la provoquer gentiment.

— Les femmes en général ?

— Une en particulier. Ou plutôt deux. Le hiatus habituel entre la maman et la putain. Désolé pour le lieu commun mais, après tout, je ne suis qu'un homme. Bref, j'ai une femme et une maîtresse. Et ça m'épuise littéralement.

Elle hocha la tête sans sourire.

— Je comprends. Ce doit être fatigant de toujours se cacher, fit-elle remarquer.

Il haussa les épaules.

— Éreintant. Mais au fond, pas plus que de vivre

en général. Moi, je passe mon temps à mentir. Pas vous ?

— Je ne mens jamais.

Il la considéra un instant. Sa réponse le prenait manifestement au dépourvu.

— Je ne vous crois pas. Ou alors, je vous tire mon chapeau. Moi, je mens tout le temps. Je ne sais même faire que ça. J'ai une femme parfaite. Elle n'est pas seulement riche, elle est aussi sympathique, jolie et drôle. Et pourtant, je la trompe sans arrêt. Je me suis même acheté une petite garçonnière dans le onzième arrondissement. Un endroit où ma femme ne fout jamais les pieds. Ce pourrait être des petites relations sans lendemain, joyeuses et frivoles, mais c'est tout le contraire ! Je suis fidèle à ma maîtresse et je vous assure qu'elle est mille fois plus chiante que ma femme ! C'est à n'y rien comprendre.

Sur son visage, Alex décela une expression de satisfaction, mêlée d'hébétude. Sa propre situation semblait le dépasser. Toujours ce petit rien, ce détail qui le rendait touchant et presque inoffensif.

4

Des cieux orange

Alex finit par se laisser apprivoiser. Chaque fois qu'elle descendait préparer le petit déjeuner, elle trouvait Charles Berrier assis sur la terrasse, à l'ombre. Le plus souvent, il lisait le journal. D'autres fois, il écoutait de la musique avec ses écouteurs. Mais il n'écrivait pas. Durant deux ou trois heures dans la matinée, il remontait s'enfermer dans sa chambre et ne redescendait que pour le déjeuner. Il n'était pas un compagnon discret mais il avait l'art de se faire aimer. Peut-être était-ce dû à son physique hors norme, ou à ce rire immense qui coulait de lui comme de l'eau.

Thaïs et Agathe avaient commencé un stage de poney, à Nort-sur-Erdre. Antoine les emmenait et allait les chercher tous les jours. Parfois il restait même les regarder, si bien qu'Alex et Charles Berrier se retrouvaient souvent seuls. Alex soupçonnait d'ailleurs son mari de les laisser à dessein : il espérait qu'Alex finirait par lui montrer ses nouvelles. Au lieu de cela, elle se contentait la plupart du temps d'écouter les longs monologues de l'écrivain.

Ce n'était pas une corvée, au contraire : ses récits la passionnaient. Ils dépeignaient une vie lointaine, dans une capitale pleine de fracas et de lumière. La vie d'un homme talentueux et reconnu, à qui tout semblait possible. La vie d'Alex, peut-être, si elle avait réussi.

— Le seul qui me comprenne, c'est mon copain Franck Legrand. Et ce n'est pas parce que je lui prête les clés de ma garçonnière de temps en temps. C'est le seul qui soit au courant qu'elle existe. À part ma maîtresse, évidemment. Franck, je l'aime d'amour. Je le connais depuis le lycée. On était les deux *weirdos* du bahut. Je me suis servi de lui pour créer mon personnage de Sylvain Pinel. Heureusement qu'il ne s'en est pas rendu compte !

L'écrivain tenait pour acquis qu'Alex avait lu ses livres. Ou il ne s'en souciait pas. De son côté, elle savait parfaitement à qui il faisait allusion, mais elle n'en disait rien. Sylvain Pinel, le double raté du narrateur, l'écrivain doué mais sans succès, un blond aux cheveux clairsemés, un peu gras, complètement alcoolique. L'éternel numéro deux, le solitaire qu'on n'oublie jamais d'inviter à sa table parce qu'il permet aux autres de se hausser du col.

— Vous devez trouver ça dégueulasse de piller comme ça la vie des gens ?

Alex réfléchit. Elle crut qu'il lui demandait son avis mais il n'en était rien car il poursuivit le fil de sa pensée sans attendre de réponse :

— Les auteurs se nourrissent de ça. Les gens, leurs histoires les plus grandioses et les plus pourries, leurs habitudes les plus sublimes et les plus merdiques, leurs secrets. On ressemble un peu aux rats : on dévore le fond des poubelles.

À ces mots, ses yeux s'illuminèrent d'une joie enfantine.

— Mais je vous ennuie avec mes histoires. De toute façon, vous savez déjà de quoi je parle puisque vous écrivez aussi.

Il se tut et attendit, comme s'il avait posé une question qu'elle n'eût pas entendue. Prise au dépourvu, Alex balbutia quelques mots. Elle secoua violemment la tête. Son chignon s'effondra sur ses épaules. Dans un effort désespéré pour récupérer une contenance, elle attrapa ses mèches châtains et s'efforça de les remettre en place.

Sans remarquer sa gêne, Charles Berrier observait, fasciné, les boucles se répandre sur ses épaules.

— On n'est pas obligés d'en parler mais je lirai volontiers ce que vous écrivez si vous êtes d'accord.

De l'attention, Alex en avait déjà reçu, celle de sa mère, omniprésente et discrète, et celle d'Antoine, qu'elle avait fini par tenir pour acquise. Mais sentir de l'intérêt chez l'auteur célèbre était pour elle une sensation nouvelle, déstabilisante, à la lisière où le plaisir devenait une peine.

— Moi non plus, jeune homme, je n'osais pas. J'avais honte de tout, de mes pensées, de mon aspect, de mes écrits. Et un jour, j'ai fait lire mes nouvelles à ma professeure de français. Cette femme m'a tout appris. Elle m'a annoncé que je serais écrivain, que je l'étais déjà, elle m'a donné confiance en moi.

Il se plongea dans quelques souvenirs secrets,

qu'il finit par énoncer, comme si rien ne devait jamais se perdre, rester tu, comme s'il fallait en permanence un auditoire pour valider la réalité de ses souvenirs :

— Elle avait quarante-cinq ans et moi seize. Un super coup. Je n'ai jamais retrouvé avec aucune femme le plaisir que j'ai eu avec elle.

Il prononça ces mots sans vulgarité, d'un air rêveur, puis il éclata de rire.

— Allez, j'arrête. Je vois bien que je vous assomme avec mes histoires. Faites-moi taire, abattez-moi. Je suis rempli de tant de mots que je dois être privé d'organes. Complètement creux de l'intérieur. D'ailleurs, vous ne le croirez peut-être pas à cause de ma corpulence, mais je mange très peu. Au fond, je ne suis plein que de phrases.

Elle ne le crut pas, bien sûr. Elle le voyait à chaque repas avaler des quantités astronomiques. Mais elle fut certaine que son mensonge était sincère.

— Quel mec sympa, ce Charles Berrier.

Antoine était devenu le plus grand fan de l'écrivain. Non pas de ses romans qu'il n'avait pas lus, mais de l'homme, qu'il appréciait de plus en plus au fil des jours. D'ailleurs, Charles Berrier faisait tout pour se faire aimer de lui. Il proposait son aide pour les courses. Un jour, il entreprit même de se lancer dans la confection d'un dessert. Son île flottante n'avait pas beaucoup d'allure, mais elle était délicieuse. Antoine se resservit deux fois. Alex le regardait avec bienveillance tomber sous le charme de l'écrivain.

— Oui, il est sympa.

— C'est drôle, quand tu dis ça, j'ai l'impression que tu ne l'apprécies pas vraiment.

— Mais si, je l'aime bien. Moins que tu ne l'aimes, c'est sûr. Mais ce n'est pas facile de l'aimer autant !

5

Le fond des lacs

Le 7 août, Charles Berrier se mit à écrire. Il avait demandé à Antoine de lui installer une petite table au fond du champ, près de la mare, sous les saules. Il allait s'y installer entre les repas. Alex l'observait de loin, vaguement ennuyée de sa présence, peut-être un peu jalouse de sa concentration. Au début, elle avait cru qu'il faisait semblant. Il avait le visage relevé vers le ciel, les yeux dans les nuages, du même bleu vide. Il semblait penser à tout autre chose ou mieux, à rien du tout. Et soudain, il se penchait sur son ordinateur, un portable minuscule au capot étincelant, et se mettait à taper de façon frénétique. Il écrivait ainsi plusieurs heures d'affilée. Puis il refermait l'ordinateur et partait se promener en sifflotant.

Alex, de son côté, ne pouvait écrire que lorsque Charles Berrier était sorti dans le jardin. Elle allait s'installer dans la chambre, elle fermait les rideaux et enfilait des bouchons d'oreilles pour se couper du monde. Ce n'est qu'à ces trois conditions qu'elle pouvait commencer laborieusement à rédiger des lignes qu'elle effaçait au fur et à mesure. Elle s'efforçait de poursuivre son récit sur Dupont de Ligonnès. Mais elle dut renoncer très vite. Elle était paralysée par la peur, incapable d'avancer. À chaque instant, elle croyait voir l'écrivain lire par-dessus son épaule, et sa présence fantasmatique l'empêchait de penser.

Les mondes semblaient couler de Charles Berrier comme des fleuves. Devant cette corne d'abondance, Alex se sentait pauvre et aride. Elle tenta de se raisonner : peut-être l'écrivain lançait-il un premier jet informe pour se mettre en train.

Un matin, alors que Charles Berrier venait de se lever de sa chaise, elle se risqua jusqu'à son ordinateur. Il fallait lire rapidement avant que la page ne se referme et qu'il faille entrer un mot de passe.

« Le chasseur traque sa proie là où elle se trouve, et le gibier ne choisit pas forcément les frontières tracées sur les actes de vente, on s'en doute, il choisit d'autres frontières, celles d'un monde différent, qui nous appartient durant toute une saison.

Les gens se plaignent qu'on tire sur leurs terres, ils nous trouvent dangereux : moi, je ne parle pas pour les autres, c'est vrai que j'aime les armes, le bruit des balles dans le silence des forêts, j'aime viser le canard en vol, ses plumes qui brillent, et le voir tomber dans un nuage de poussière, les grains de poussière couvrant ses ailes d'un voile. J'aime aussi la redistribution des richesses et des hiérarchies, être roi d'un domaine instable, qui change selon les saisons et le hasard, être roi, pas de la terre, mais de sa surface, de ses animaux, de son ciel. Le sentiment d'être plusieurs, forts – j'aime voir les empreintes que forment nos bottes sur la terre –, ma Remington à l'épaule, que je caresse du bout des doigts, son encolure de cygne posée contre ma paume. La beauté du petit matin, de la proie qui tombe, les reflets sur un lac, tout cela existe parce que la mort brille au bout de nos fusils, et il ne faut pas la semer au hasard – vous seriez rejeté de tous les vrais chasseurs –, il faut être attentif, parcimonieux, faire des économies de carnage. Tuer une fois et seulement au moment adéquat.

Pour combler le vide de mes heures perdues, j'imagine de grandes forêts, les forêts canadiennes, où le gibier abonde, et les habitants nous remercient de les débarrasser un peu des nuisibles, et de contribuer au bon ordre de la nature, à l'écosystème, alors que d'habitude on nous accuse plutôt de le détruire – les gens ne connaissent rien à la chasse.

Un jour, un gars m'a raconté que son fils revenait du Canada et que là-bas, c'étaient les grands espaces à n'en plus finir, des arbres millénaires, les parcs dont on ne voyait pas le bout, que leur pays entier était une vaste réserve naturelle, grouillant d'animaux sauvages, une sorte de paradis des chasseurs. Depuis, je rêve d'ours et de lacs à perte de vue. »

L'histoire se déroulait dans un vaste domaine icaunais. Une maison de deux étages et un champ d'un hectare, prolongé par une forêt de bouleaux. Un établi au fond du champ. Une mare bordée de saules pleureurs.

Charles Berrier avait fait de leur propriété l'arène de son nouveau livre.

Il avait tout décrit – l'herbe haute, les fleurs sauvages, les troncs blancs qui fermaient l'horizon. Il avait décrit les feuilles qui pourrissaient sur l'eau noire, les têtards qui se transformaient en minuscules grenouilles, les pierres aux formes inégales disposées autour de la mare.

Son héros, un chasseur du coin, habitait à la campagne avec son fils, dans un hameau. En face de chez lui vivait une éleveuse de porcs, surnommée Fred.

Durant les longues heures où il était livré à lui-même, le héros commençait à observer la jeune femme à la jumelle. Elle avait une beauté un peu sauvage. C'était une solitaire qui parlait peu et mentait beaucoup. Le héros se mettait à nourrir pour elle une véritable obsession.

Fred avait les yeux marron très sombres, des boucles châtains, une peau pâle, parsemée de grains de beauté. Il fallait être aveugle pour ne pas voir que Charles Berrier avait emprunté à Alex jusqu'à son apparence.

Il avait tout vu, tout entendu et tout volé.

La page disparut brutalement, remplacée par un écran de veille. Oppressée, Alex s'éloigna de la table. Il lui fallut beaucoup de temps pour reprendre ses esprits. Elle se souvint de ce qu'avait dit son père quand elle avait dix-sept ans. Il venait de lire son premier manuscrit et, devant des amis, il avait prononcé cette phrase qu'elle n'oublierait jamais :

— En lisant son truc, j'ai eu l'impression qu'on avait élevé un monstre.

Aujourd'hui, elle comprenait. Et désormais, elle

sentirait à chaque instant le regard de l'écrivain posé sur elle, sur Antoine, sur les filles. Son regard qui les pillait, qui les métamorphosait en chair à fiction. D'un seul coup, l'univers de Charles Berrier ne lui sembla plus si humaniste.

Les humbles qu'il décrivait, c'étaient eux ; les zones périphériques, leur maison.

Les jours suivants, elle ne put s'empêcher d'aller lire la dernière page de l'écrivain aussitôt qu'il avait le dos tourné et avant que l'écran de veille ne recouvrît les mots. Dès qu'il désertait sa table pour aller prendre un verre ou se rendre aux toilettes, elle allait observer l'avancée de l'histoire. Elle ne pouvait parcourir que quelques lignes mais les lire devint une pulsion impérieuse.

« Fred semble en apparence d'une grande timidité. Mais je vois bien, sous cette façade commode, des réalités plus secrètes. Elle brûle d'un feu qui, faute de pouvoir ravager le monde, la dévore de l'intérieur. »

Plus Berrier décrivait le brasier, plus Alex se sentait possédée par les flammes. Elle se nourrissait du récit qui, en retour, se nourrissait d'elle. La mécanique était si puissante qu'il devenait difficile de dire si c'était le réel ou la fiction qui l'emportait. Quand Alex apprenait que Fred trichait aux cartes, elle ne manquait jamais de se demander à quel point elle-même était capable de mentir ou de bluffer. Et quand elle avait un comportement remarquable, elle le retrouvait souvent dans le manuscrit. Bien reconnaissable. Fred, la porchère, n'était pas seulement une tricheuse, elle possédait aussi le talent de rendre la vie beaucoup plus intéressante, plus intense, grâce à son regard et à sa façon de la transformer en mots.

Alex connaissait sa légère propension à l'exagération pour rendre plus captivant un récit banal, mais elle n'avait jamais prêté attention à ce trait de caractère. Aujourd'hui sous la plume de Berrier, il prenait de l'importance, il devenait matière à livre. Ce n'était plus une simple exagération mais une métamorphose de l'existence elle-même.

Non seulement l'auteur se servait d'Alex comme modèle mais il ne tarda pas à lui donner, au détour d'une phrase, le mot de passe pour ouvrir son ordinateur. Impossible de savoir s'il l'avait fait à dessein pour la ferrer ou instaurer entre eux un jeu pervers ou parce qu'il ne pouvait imaginer qu'Alex en profiterait pour accéder à ses secrets.

— Vous pourriez penser que j'utilise la date de naissance de mes enfants ou le surnom de ma femme, eh bien pas du tout : mon mot de passe c'est "Nerval". Parce qu'en fin de compte je crois qu'après avoir vénéré Faulkner et Dostoïevski, mon auteur préféré ça reste lui, envers et contre tout. Vous savez ce qu'il a fait juste avant sa mort ? Il a laissé un mot à sa tante. Dessus, il écrivait : "Ne m'attends pas ce soir. La nuit sera noire et blanche." Il savait qu'il allait se tuer, mais qu'est-ce qu'il a fait avant ? Personne ne le sait. Depuis, cette phrase me hante. "La nuit sera noire et blanche." Je me demande ce qu'il a voulu dire. Est-ce que ce sont les heures de la nuit précédant sa mort qui étaient noires et blanches ou est-ce que les heures d'avant étaient blanches et la mort noire, ou l'inverse ? À moins que ce ne soit la mort qui fût noire et blanche ? Vous devez trouver ces questions oiseuses, mais pour moi, elles sont devenues une véritable obsession.

Le lendemain, Alex tapa « Nerval » comme mot de passe, et la page apparut. Elle put alors, à loisir, accéder au texte de Charles Berrier.

« Soudain, je suis arraché à mes rêveries par des bruissements de feuilles au loin, de l'autre côté du lac. Aussitôt reprenant mes vieux réflexes, j'épaule et j'attends de voir l'animal. Un bosquet bouge, en face, de l'autre côté, la bête doit être de grosse taille, peut-être un sanglier. Comme elle ne se décide pas à sortir, je vise le bosquet quand, juste sur le point de tirer, je remarque une forme pâle, qui sort des branches. Ce n'est pas un sanglier, c'est une femme.

Complètement nue.

Je crois d'abord être en proie à une hallucination : la femme va se baigner dans le lac.

Je la regarde pénétrer dans l'eau sans bruit. Pas un clapotis, presque rien ne vient rider la surface verte. Je retiens ma respiration et ma sensation d'étouffement grandit. C'est un peu moi qui me noie. Je sors mes jumelles de ma poche et je reconnais la porchère.

J'attends qu'elle remonte au bord – voir son dos, sa jambe s'arc-boutant, son pied s'enfonçant dans la terre amollie par l'eau, son talon glissant dans la boue, le muscle crispé de sa cuisse – et disparaisse dans les taillis comme elle est venue. Alors seulement, lentement, engourdi, je me relève, le devant de mon pantalon trempé d'être resté ainsi face contre terre. »

Ce jour-là, elle se regarda dans le miroir, cherchant à se voir à travers les yeux d'un autre. Elle se trouva belle, un peu abîmée, un corps mince, parsemé de rides, de bleus et de grains de beauté. Elle se demanda si elle engendrait le trouble chez les hommes.

Mais ce fut surtout la description psychologique de Fred qui la perturba. Charles Berrier décrivait la porchère comme un être double, une femme qui égorge et soigne, sème la vie et la mort.

Alex avait beau savoir qu'un personnage se nourrit d'un subtil mélange entre le réel et la fiction, elle ne put s'empêcher d'interroger sa propre essence.

— Comment tu me décrirais ? demanda-t-elle à Antoine.

— Comme une sacrée emmerdeuse, répondit-il en riant.

Il n'en pensait pas un mot car, si Alex avait des défauts, elle était d'un naturel facile, se réjouissant pour des broutilles, aimant le quotidien et son lot de joies éphémères.

— Comme la plus belle femme du monde.

Il l'embrassa dans le cou. Ses baisers ne laissaient jamais Alex insensible, lui procurant un sentiment de bien-être ou éveillant son excitation selon l'heure du jour, même après tout ce temps passé ensemble et tous ces baisers déjà échangés. Ils faisaient l'amour à peu près une fois tous les dix ou quinze jours et, si la fréquence aurait pu sembler faible à un couple de jeunes gens, l'intensité ne l'était pas. Leurs étreintes étaient fiévreuses, parfois brutales. Associer le sexe et la douceur paraissait à Alex un acte écœurant, mou et rose. Elle détestait qu'on mêlât la chair et la tendresse.

Sa tendresse, elle la réservait à ses filles. Aux baisers et aux caresses qu'elles échangeaient et qui la maintenaient du bon côté de la folie. Aux lectures qu'elle leur faisait le soir et aux histoires qu'elle leur inventait. Alex avait un talent de conteuse, dû à sa grande imagination mais aussi à son sens de l'observation. Elle avait toujours su se fondre dans un groupe, se faire oublier, tout voir et tout entendre. Si ce talent n'avait pas suffi à faire d'elle une grande romancière, du moins lui permettait-il de raconter à ses filles des histoires qui les passionnaient.

D'aussi loin qu'elle se souvienne, elle avait toujours été la confidente de ses camarades, celle à qui on raconte ses peines de cœur et à qui on ne demande jamais rien. Ce rôle la satisfaisait pleinement. Il lui permettait de tout observer. Elle se rappelait notamment cette fille, qu'elle raccompagnait chez elle tous les soirs après l'école – elles étaient en cinquième – et qui lui parlait sans discontinuer de son amour pour Régis ou pour David, de ses nouveaux achats, de ses états d'âme. Durant les cinq années qu'Alex passa à la ramener devant la porte de son immeuble, sa camarade ne lui posa pas la moindre question. Les pensées d'Alex étaient à ses yeux un sujet sans aucune importance.

Les événements qui survenaient autour teintaient

toujours ses histoires. Alex raconta notamment à ses filles un nouveau conte dont la protagoniste était une petite fille caméléon, qui luttait contre un grand loup rouge. L'enfant gagnait souvent, mais pas toujours. Il arrivait parfois qu'elle ne parvînt pas à s'échapper et se fît mordre à la jambe. Elle gardait alors des marques de crocs, des cicatrices qui ne disparaîtraient jamais, des bleus et des blessures.

Agathe était subjuguée par ces victoires partielles du loup et par les traces indélébiles qu'il laissait sur la peau de la petite fille. Elle était terrifiée et fascinée par ces combats à l'issue inconnue.

Dans les histoires créées par sa mère, on pouvait souffrir et saigner, on pouvait perdre, être vaincu, et pourquoi pas mourir ? La condition pour que le récit fût intéressant était assurément qu'on n'en sortît pas à tous les coups indemne.

Alex déroulait ces histoires jusque tard dans la soirée. Agathe gardait ses yeux noirs plantés dans ceux de sa mère. Quelle que fût l'heure, elle ne s'endormait pas. Elle attendait que survînt le chaos, elle craignait tout en l'espérant que le loup rouge finît par dévorer la petite fille.

Attirée par l'intonation d'Alex, Thaïs les rejoignait. La petite se blottissait contre sa grande sœur et Alex poursuivait son récit.

C'est le 10 août, le jour de son anniversaire, que changea le fil de sa vie.

6

La nuit noire et blanche

10 août 2018

Alex se leva de bonne heure, comme chaque jour. Antoine ouvrit les yeux et, encore endormi, il l'agrippa pour la renverser sur le lit. En l'embrassant dans le cou, il murmura :

— Joyeux anniversaire, mon amour.

C'était le jour de ses quarante ans. Elle sourit et haussa les épaules.

— On s'en fout, non ?

Cela aurait dû lui faire quelque chose, mais elle ne sentait rien. C'était une année supplémentaire, comme il y en avait eu d'autres. Que le chiffre fût rond la laissait de marbre.

— Tu comptes nous la jouer comment, ta crise de la quarantaine ? rigola Antoine. Il serait temps que tu prennes un amant.

Le ton était léger mais, avec Antoine, il fallait être prudent. Car s'il parlait peu, il était probable qu'il eût senti l'attirance trouble d'Alex pour le loup au poil rouge.

Elle rit.

— Je pensais à quelque chose de physique, un peu douloureux aussi mais moins salissant : un tatouage.

— Pourquoi pas ? dit-il rêveusement. Ce serait sexy.

Pour la dixième fois depuis une semaine, Alex lui fit jurer qu'il ne lui avait pas organisé d'anniversaire-surprise. Quarante ans, vingt-huit, trente-sept, tout cela était du pareil au même et elle n'attachait aucune importance aux symboles. Il jura, puis il partit avec les filles faire des courses, et Alex resta seule avec Charles Berrier.

L'écrivain ignorait que c'était son anniversaire. Alex se sentit soulagée de ne pas être le centre de l'attention. Comme pour exaucer son vœu, Berrier n'avait jamais été aussi prolixe sur sa vie privée :

— Ma maîtresse refuse ce qu'elle appelle "les diktats du féminin". Elle se maquille très peu, se coiffe rarement. C'est à peine si elle se lave une fois par semaine. Elle ne s'est jamais teint les cheveux. Elle a une grande mèche grise sur le front. Et je ne devrais pas le dire, mais je crois que j'adore ça. Ma femme, c'est tout l'inverse. Elle va chez le coiffeur tous les samedis matin, chez l'esthéticienne une fois toutes les trois semaines. Tout le monde dit qu'elle est très belle. Vous devez vous demander pourquoi j'ai une maîtresse alors ?

Alex lui sourit et acquiesça :

— Oui, et pas seulement parce que votre femme est plus belle. Mais parce que je trouve ça très fatigant. Mentir tout le temps, dissimuler, jongler avec les emplois du temps, effacer ses textos : quel enfer ce doit être.

Surpris, l'écrivain releva la tête de son écran et observa Alex avec une attention plus soutenue qu'à l'ordinaire. Puis il éclata de son rire éprouvant.

— Vous n'avez jamais trompé votre mari ?

— Non, jamais.

— Mais vous y avez déjà songé. Sinon, vous n'auriez pas dressé une liste de tous les inconvénients. N'est-ce pas ?

Il avait raison : Alex y avait déjà pensé, ce qui ne signifiait pas qu'elle l'avait souhaité. Mais l'envisager, se raconter une autre histoire que celle qu'elle vivait, il lui était naturellement arrivé de le faire.

Elle décida de ne pas répondre. De toute façon, l'écrivain était passé à autre chose.

— Ma maîtresse aussi est une femme intelligente.

Il laissa sa phrase en suspens, rêveur, puis il reprit avec une sorte de colère sourde :

— La peste soit des femmes intelligentes ! Elles nous empoisonnent l'existence ! Elles nous cassent les couilles !

C'était la première fois qu'il semblait en colère. En regardant son visage, elle crut voir quelqu'un d'autre, ressemblant mais imparfait. Un double maléfique qui aurait pris sa place.

Elle décida de battre en retraite. Après tout, il était son hôte et elle se sentait trop fatiguée pour argumenter.

La journée se déroula sans plus d'incident jusqu'au soir.

Dès vingt heures, Alex sentit qu'il se passait quelque chose. Antoine l'observait à la dérobée, ses filles avaient l'air sournoises. Une surprise se préparait. Alex espéra qu'ils avaient prévu un feu d'artifice ou une pièce montée géante. Mais à vingt heures trente, Antoine l'entraîna dans la chambre. Il essaya de la retenir de façon assez maladroite, en l'embrassant. Pas plus qu'elle, il ne savait dissimuler.

Lorsqu'elle redescendit, elle fut accueillie par un cri. Des gens hurlant « bon anniversaire ! ». Elle avait beau s'y être attendue, elle fut saisie au cœur. Elle recula d'un pas mais Antoine la poussa en avant. Elle peignit un sourire sur son visage tandis que chaque invité tour à tour la prenait dans ses bras. Elle détestait ces contacts, elle aurait voulu fuir, au moins s'écarter de quelques pas, ne plus être le centre des regards et de l'attention. Elle se mit à boire pour faire baisser la pression.

Après cinq verres, elle se détendit enfin. Antoine avait mis de la musique, et les invités commençaient à danser sur la terrasse, sous les étoiles. Parfois, un ami étreignait Alex et se lançait dans un petit laïus sur ses quarante ans. Certains disaient que c'était le plus bel âge de la vie pour une femme, d'autres que ça n'avait aucune importance, d'autres encore plaisantaient sur la crise de la quarantaine. Alex souriait, tout cela ne signifiait rien.

L'ivresse estompait les contours du réel. L'anxiété d'Alex se dissolvait dans la nuit. Un instant cependant, elle sursauta. Elle venait de voir apparaître un singe minuscule aux traits grimaçants.

Puis ce fut une sorcière avec des toiles d'araignées peintes sur les joues et le front. Constatant à quel point sa mère était saisie par la vision, Agathe souleva son masque. Le singe fut remplacé par son petit visage hilare. La sorcière sourit avec douceur, les araignées semblèrent danser autour de Thaïs.

Elles enfilèrent à nouveau leur déguisement et le monde en parut légèrement modifié. Le changement était ténu, presque imperceptible.

Elle continua à boire et se mit à danser follement, en partie pour échapper aux conversations dont elle était le centre, en partie pour s'oublier dans la musique.

Brusquement, alors qu'elle dansait le visage tourné vers le ciel, les yeux clos, la maison fut plongée dans le noir. Le silence s'abattit sur la fête. L'univers sombra. Passé la première surprise, les voix se firent entendre à nouveau, mais c'était une cacophonie. Après être restés un instant pétrifiés, les gens recommencèrent à se mouvoir mais leurs mouvements n'avaient plus rien de fluide. Ils étaient heurtés, désordonnés. Les plombs avaient sauté.

Lorsque Antoine parvint à rétablir l'électricité, la fête reprit son cours. Mais le cœur n'y était plus. Et les invités, coupés dans leur élan, ne tardèrent pas à partir en ordre dispersé. Les filles dormaient. Et Antoine, après avoir commencé à débarrasser, finit par tomber de fatigue dans un fauteuil. Alex le retrouva profondément assoupi. Elle-même se sentait nerveuse. Elle savait qu'elle ne dormirait pas si elle allait se coucher, aussi décida-t-elle de ranger les reliquats de la fête.

— Vous savez, j'ai lu une de vos nouvelles.

Elle lâcha le plateau qu'elle tenait à la main. Dans le champ rendu à la nuit, l'écrivain apparut. Il lui avait semblé l'apercevoir parfois au milieu des convives mais elle n'en était pas sûre. Était-il resté dans sa chambre à les observer ou s'était-il fondu dans la masse, elle l'ignorait. Toujours est-il qu'il était là, dressé devant elle de toute sa stature.

— C'est votre mari qui me l'a montrée. Il vous admire beaucoup. Moi aussi, d'ailleurs. C'est pour ça que je ne veux pas vous mentir. Votre personnage n'a pas assez de consistance. Pourtant, on peut dire que votre modèle en a une ! Si vous décidez de faire de Dupont de Ligonnès votre héros, rendez-lui au moins justice : faites-en un type complexe et contrasté, j'ai même envie de dire "aimable". Pour faire de la bonne littérature, il faut aimer ses personnages, même les plus haïssables. Vous n'aimez pas votre héros. C'est pourquoi votre histoire n'a pas d'intérêt.

— C'est dur d'aimer un homme qui a tué sa femme et ses enfants.

— Mais non ! Laissez ces lieux communs à d'autres. Et abandonnez-vous à vos sentiments profonds, ceux qui sont tapis tout là-bas et que vous n'osez pas faire jaillir. Je suis sûr que vous voyez de quoi je parle. Dupont de Ligonnès, c'est le parangon de l'homme libre. Celui qui a le courage de se débarrasser du poids familial pour devenir qui il doit être. C'est Ulysse sans les chaînes qui l'attachent à Ithaque. Vous voyez le pauvre homme ? Il a été un héros, il a vaincu le cyclope, il a goûté l'amour dans les bras de Circé et que fait-il là, l'imbécile, au lieu de poursuivre son voyage en mer ? Il revient ! Il retrouve volontairement ses chaînes. Celles du mariage, celles de la paternité. Il faut vraiment être très con, vous ne trouvez pas ?

À nouveau, furtivement, Alex vit, à la place de Charles Berrier, son double maléfique. Et c'est cet autre terrifiant qui tendit brusquement la main vers elle et saisit son bras. Elle voulut se dégager. En vain. Il serrait trop fort. Plus elle s'efforçait de se libérer, plus il exerçait de pression. Il l'attira vers lui. Elle se débattit. Pour qu'on ne les entendît pas, il la traîna de force jusqu'au fond du champ et là, il arracha son tee-shirt. Il saisit le col et tira. Le tissu céda. Elle essaya de le repousser mais il ne bougea pas d'un millimètre, il ne semblait même pas s'apercevoir de ses efforts pour se libérer.

Alors elle se mit à le frapper. Des coups de poing dans les épaules, puis au visage. Il la gifla. Un coup brutal, comme elle n'en avait jamais reçu. Lorsqu'elle reprit ses esprits, elle était tombée par terre. Elle voulait se relever mais il la poussa dans l'herbe. Et avec toute la force de son corps, il l'immobilisa.

Il la plaqua au sol en bloquant son cou. Il lui écarta les bras, maintenant ses poignets. La main d'Alex heurta une pierre et se mit à saigner.

Charles Berrier se pencha sur ses seins qu'il parcourut avec sa langue.

La peur était si intense qu'Alex se logea dans un coin reculé d'elle-même. Elle se concentra tout entière dans son ventre et déserta son esprit, son cœur, sa poitrine et son sexe. Elle partit si loin que personne, là-bas, ne pouvait plus la toucher. Le reste de son corps était celui d'une autre. La douleur physique, la détresse de cette étrangère n'avaient aucun rapport avec Alex. Elle était désormais hors d'atteinte.

Au lieu de pousser des cris, de se débattre, elle s'abandonna entièrement, elle se laissa faire comme une poupée de chiffon, elle se perdit dans le paysage.

Elle pouvait sentir l'odeur de la terre, vaguement humide à cette heure de la nuit, l'herbe, les fleurs sauvages.

Déjà, Charles Berrier déboutonnait son jean.

Alex allait s'abolir dans la nuit quand le ciel s'ouvrit brusquement au-dessus d'elle. Une pluie d'étoiles. La beauté du monde lui coupa le souffle.

L'être perdu au creux de ses entrailles revint, et avec lui le désarroi. Et la rage. À moins qu'il ne s'agît d'une autre, qui prit possession de ses bras, de ses jambes. Une sœur cachée. Sa jumelle folle et héroïque.

Berrier lâcha les poignets d'Alex pour tirer sur son pantalon. L'autre en elle, la brutale, serra fort la pierre dans sa main et frappa l'écrivain à la tête. Il ne desserrait pas son étreinte. Elle frappa à nouveau. Une fois, deux fois, jusqu'à ce qu'elle sentît enfin les mains de l'homme relâcher leur étau.

Dans un étrange mouvement d'abandon, il bascula en arrière. Livrant son corps gigantesque aux étoiles, à l'herbe tendre et aux ténèbres.

Elle sut aussitôt qu'il était mort. Une odeur de fer et de boue se répandit dans l'air. Elle eut l'impression que l'écrivain se vidait de sa substance. Aussitôt, un sentiment de paix l'envahit. À l'échelle du cosmos, la mort de Charles Berrier n'était qu'un accident sans conséquence. Elle se sentit en accord avec l'univers. Elle pensa à la phrase de Nerval qu'aimait Charles Berrier : « Ne m'attends pas ce soir. La nuit sera noire et blanche. »

En cet instant, elle comprenait le sens des mots de façon profonde et intime. La nuit était noire et blanche.

La nuit était noire et blanche.

7

Et si…

Elle sortit son téléphone portable. Elle allait appeler la police et se rendre. Mais avant de composer le 17, elle activa la fonction lampe torche sur son appareil. Le faisceau éclaira le corps inerte de Charles Berrier. Elle essaya de distinguer son visage, mais il avait disparu. Il avait été définitivement remplacé par un masque de chair et de sang.

Les coups frappés avec la pierre avaient rendu Berrier méconnaissable. La rage d'Alex avait mué ses traits en pâte informe et sanglante. Elle s'efforça de regarder avec les yeux des flics et sentit combien les apparences jouaient contre elle. Il n'y avait aucun témoin. Pas de pénétration. Rien qui pût prouver les intentions criminelles de l'écrivain. Les nombreux invités de la fête pourraient, en revanche, témoigner de l'état d'ébriété d'Alex ce soir-là. De sa nervosité aussi. Ses antécédents psychiatriques achèveraient probablement de convaincre la police qu'elle n'avait pas agi en état de légitime défense. Sa violence passée donnerait à celle de cette nuit un éclairage défavorable.

Alex se vit au tribunal devant des avocats, des juges, un public qui ne la quitterait pas des yeux. Pour tous, elle serait coupable. Elle aurait tué l'immense écrivain Charles Berrier.

Un sentiment de détresse la saisit lorsqu'elle imagina la présence d'Antoine et des filles au tribunal. Qu'allaient devenir ses enfants ? Elle se figura les insultes, les brimades, les coups que les petites filles ne manqueraient pas de recevoir dans la cour de récréation. La pensée de Thaïs et d'Agathe malheureuses lui noua les entrailles. Mais que faire, sinon se rendre ?

Toute autre solution serait dangereuse. Insensée.

Pourtant, son cerveau se mettait à envisager des possibles.

Et si…

En commençant ainsi ses phrases, Alex avait l'impression de se trouver à un carrefour, elle pouvait emprunter plusieurs chemins, qui tous l'emmèneraient vers un point différent.

Et si…

Elle voulut arrêter cette mécanique folle qui la conduirait droit dans le précipice. Mais les hypothèses se poursuivaient malgré elle.

Le présent n'était plus une autoroute à sens unique. Il se ramifiait en mille embranchements.

Et si…

Les voix refusaient de se taire dans sa tête. Elle ne pouvait leur imposer le silence. Elle ne les contrôlait plus.

Et si…

En elle, quelque chose se pensait à son insu. Des

scénarios s'assemblaient pour former une autre histoire que celle qu'Alex croyait devoir vivre.

Pour l'instant, elle était la seule à savoir ce qui s'était réellement passé. Elle songea aussi que seuls Antoine, ses filles et elle étaient au courant de la présence de l'écrivain. Sa femme, sa maîtresse, ses enfants, personne ne connaissait sa cachette. Il l'avait voulu ainsi, pour pouvoir écrire dans une parfaite solitude. Elle s'efforça de se concentrer pour se rappeler si elle avait vu l'écrivain se mêler à ses amis ou s'il était resté dans sa chambre. Il lui semblait qu'il n'était apparu que plus tard, quand les autres s'étaient éclipsés.

Si quelqu'un apprenait que Charles Berrier était mort, la police retrouverait rapidement sa trace. Les relevés de carte bancaire, peut-être des coups de téléphone passés de son portable. Un voisin qui l'aurait reconnu. En ouvrant une information judiciaire aujourd'hui, la police parviendrait rapidement à circonscrire ses recherches.

Elle se sentit acculée : si elle ne voulait pas que les siens subissent les conséquences de ses actes, Charles Berrier devait continuer à vivre. Il devait poursuivre sa route loin de Petit-Mars, s'éloigner à tout prix de sa maison et de ses enfants. Continuer à exister quelque part, et mourir ailleurs. Loin d'ici.

Elle devait lui écrire une autre histoire. Et créer à sa mort un scénario alternatif.

L'idée semblait folle, irréalisable, mais Alex avait beau chercher, elle n'en trouvait pas de meilleure. Certains obstacles étaient à première vue insurmontables. Et, notamment, celui-ci : si Berrier devait vivre quelque part de façon imaginaire, son corps reposait ici, énorme et brisé.

Pour qu'il pût vivre en pensée, il faudrait d'abord faire disparaître sa carcasse.

Alex regarda la maison plongée dans le noir, puis elle contempla le ciel. Il était trois heures du matin. Il ne lui restait pas plus de quatre heures pour se débarrasser de la dépouille de l'écrivain.

Mais son corps était lourd. Si lourd qu'en l'agrippant aux épaules et en essayant de le traîner, elle ne parvint pas à le faire bouger de plus de dix centimètres. C'était peine perdue. Il devait peser dans les cent kilos, et la mort semblait l'avoir cloué au sol. À bout de forces, elle renonça à le tirer et s'agenouilla près de lui. Ses yeux noyés de larmes, à moins qu'il ne s'agît de sueur, l'empêchaient de voir.

À tâtons, elle commença à fouiller les poches de l'homme. Elle trouva la photo d'une femme, qui pouvait être son épouse, sa maîtresse ou n'importe qui. Elle la saisit, de même que ses clés, son briquet, son portefeuille. Elle prit tout ce qu'il conservait sur lui.

Elle regarda autour d'elle, cherchant le meilleur endroit où dissimuler un corps. En étudiant le mode opératoire de Xavier Dupont de Ligonnès, elle avait appris beaucoup de choses, notamment sur les divers degrés de putréfaction d'un cadavre.

Charles Berrier avait une odeur poisseuse de fer. Mais elle savait que d'ici à quelques heures, quelques jours, il émanerait de lui une puanteur infernale. Il fallait donc le cacher dans un endroit où ses chairs pourriraient rapidement. Ou bien dans un endroit dont la pestilence couvrirait celle du cadavre. C'est alors qu'elle pensa au tas de fumier à quelques mètres de la cabane, juste avant la forêt de bouleaux. Il restait le problème du poids. Comment le déplacer jusque-là ? Elle décida de s'aider de la vieille brouette en fer, qu'elle utilisait pour ramasser les feuilles et aller les brûler.

Alex ouvrit la remise, alluma le plafonnier et s'efforça de retrouver le grand sécateur avec lequel elle taillait les arbustes. Puis, retournant vers le corps, elle s'agenouilla dans l'herbe. Charles Berrier était gaucher, il ne fallait pas se tromper. Alex saisit sa main. Elle lui écarta les doigts autant qu'elle le put et entreprit de couper l'index au sécateur. C'était un travail lent, laborieux. On a toujours l'impression que le corps est fragile et pourtant, comme il résiste parfois !

Quand elle parvint enfin à détacher les deux dernières phalanges, il lui sembla qu'il s'était passé plusieurs heures. En fait, sa tâche ne lui avait pas pris plus d'une quinzaine de minutes.

Elle enroula le bout de chair dans un lambeau de son tee-shirt et le glissa dans la poche arrière de son jean. Elle se releva, prête à hisser le corps sur la brouette, puis se ravisa et, se penchant à nouveau vers lui, découpa une longue mèche de ses cheveux roux crépus.

Hisser Charles Berrier dans la brouette lui prit au moins trente minutes. Elle le traîna par les épaules, poussa l'avant de la brouette vers lui, échoua, désespéra, reprit espoir et arracha la victoire millimètre par millimètre.

Il lui fallut également creuser un trou près du monticule de fumier. Elle avait mal aux épaules, des ampoules sur les mains. La sueur perlait de son front jusqu'à ses yeux, la brûlant si fort qu'elle pleurait.

Elle balança le cadavre dans le trou et déplaça le fumier d'une cinquantaine de centimètres, de façon qu'il recouvrît la dépouille.

Alex jeta dans l'étang la pierre qui avait défiguré l'écrivain, que l'eau noire engloutit. Elle ramassa une poignée de graviers couverts du sang de Charles Berrier.

À bout de forces, sale, torse nu, elle retourna vers la maison. Le ciel commençait à s'éclaircir, la nuit à se dissiper. Il était temps.

Elle disposa précautionneusement son butin dans une boîte en fer : le portefeuille, les clés, le briquet, le doigt et la mèche de cheveux. Les graviers rouges.

Puis elle partit se doucher. Elle regarda disparaître par la bonde le sang de Charles Berrier, le sien, la terre, la sueur et la crasse. Des larmes coulaient sur ses joues sans qu'elle pût les contenir.

Puis elle enfila une chemise de nuit et se glissa dans son lit.

Elle se réveilla à midi. Tout le monde était sur le pont. Antoine l'accueillit d'un sourire :

— Tu vois, toi qui ne veux jamais fêter ton anniversaire… ça aurait été dommage de ne pas le faire, non ?

Antoine ne comprit pas pourquoi Alex éclatait d'un fou rire irrépressible.

Les filles et lui avaient prévu de faire tout l'après-midi une excursion à cheval. Dès qu'Alex se retrouva seule, elle courut dans la chambre de Charles Berrier. Elle disposa en vrac les affaires de l'écrivain dans sa valise, à l'exception de son ordinateur et sa carte d'identité.

Elle récupéra les lambeaux de son tee-shirt, son jean et la valise de l'écrivain, les transporta au fond du champ, sur le bûcher où elle brûlait les feuilles d'automne. Elle les aspergea d'essence et y mit le feu.

Il n'y avait pas de vent. Alex put donc sans inquiétude rentrer à la maison car le travail ne manquait pas. Il fallait ranger la chambre de Berrier, puis la passer entièrement à l'eau de Javel pour effacer les empreintes.

Ensuite, elle retourna sur les lieux de l'accident. Les hautes herbes comme le roseau de la fable avaient plié sans céder. Elles avaient redressé la tête. La terre avait bu le sang de l'écrivain et les fleurs sauvages n'en gardaient pas la mémoire. Seule la pierre qui avait servi à le tuer aurait pu trahir ce qui s'était déroulé durant la nuit précédente, mais l'eau noire l'avait engloutie.

Sur le bûcher, la valise achevait de se consumer. Elle ajouta un peu d'essence et les flammes dévorèrent les dernières traces de l'écrivain.

Évidemment, tout ne serait pas parfait. Il resterait certainement des fragments de cuir ou de fer. Si les techniciens de scène de crime passaient la maison au peigne fin, ils retrouveraient l'ADN de Berrier. Et le corps, bien sûr, quoique le fumier accélérât la décomposition, mettrait des mois avant de disparaître. Il fallait donc que jamais la police ne vînt fouiller le domaine. Elle quitterait le domicile conjugal afin de faire vivre à l'écrivain une autre vie que la sienne, et surtout une autre mort.

Lorsque Antoine et les filles revinrent le soir, ravis de leur excursion, il ne restait plus aucune trace visible de Charles Berrier. La chambre était propre, bien aérée. Alex avait vidé les cendres du foyer et les avait dispersées dans la forêt. Elle était prête pour le premier mensonge.

— Où est-il ? demanda Antoine.

— Il est parti aujourd'hui. Il m'a dit qu'il voulait rentrer à Paris.

— Comme ça, sur un coup de tête ?

— Tu sais comment sont les grands hommes… fantasques et imprévisibles.

Antoine jeta à Alex un regard étrange et, quand les filles montèrent dans la chambre, il lui demanda :

— Il s'est passé quelque chose ?

Alex hésita. Elle avait l'impression qu'on pouvait voir sur son visage les stigmates de ce qu'elle avait fait. Que ses mains étaient poisseuses encore du sang de Charles Berrier.

Alex pensa aux préparatifs de Xavier Dupont de Ligonnès. Les enquêteurs avaient retrouvé un ticket de caisse provenant d'un magasin de bricolage à

Saint-Maur, dans l'Indre. Parmi les achats figuraient un paquet de dalles plastique adhésives pour le sol et un rouleau de sacs-poubelle de grande taille. Il avait aussi acheté du ciment ainsi qu'une bêche, quatre sacs de chaux de dix kilos chacun, dans différents magasins des environ de Nantes.

Devant la minutie du tueur, Alex se sentit impuissante. Elle n'était pas du tout préparée à affronter tant de détails matériels. Mais elle se raisonna. Son intelligence allait enfin lui être utile. Il suffisait de se concentrer et de mettre en place une stratégie. Après tout, la plupart des tueurs étaient des imbéciles finis. Émile Louis, Charles Dunand ou Guy Georges avaient su échapper à la justice pendant de nombreux mois, voire de nombreuses années. Elle qui était futée et méticuleuse pourrait peut-être passer à travers les mailles du filet.

La nuit qui suivit, elle ne dormit pas. Elle resta allongée, immobile. Durant ces heures blanches, elle élabora les premières étapes du plan qui allait ressusciter Charles Berrier aux yeux du monde et éloigner le crime de sa maison et de sa famille.

8

Éléonore Delerme

Alex pensa à ses filles et à leurs masques. Le petit singe, la douce sorcière. Leurs jeux innocents furent une source d'inspiration pour ses futurs projets. Elle aussi allait se déguiser. Pour déterminer qui elle pourrait devenir, Alex chercha d'abord à se définir. Elle passa en revue toutes les femmes qu'elle n'avait pas été. Elles étaient si nombreuses…

Elle commença par un examen méthodique de son apparence. Elle avait des cheveux châtains assez longs, des yeux marron clair, une peau très pâle couverte de grains de beauté. Elle mesurait un mètre soixante-huit et pesait cinquante-sept kilos. Habituellement, elle prêtait peu d'attention à ses vêtements. Elle portait toujours des pantalons, souvent des jeans, des tee-shirts informes et des pulls à col roulé. Elle ne se maquillait jamais. Pas le goût, pas le temps. Personne ne lui avait vraiment appris à le faire. Pour les grandes occasions, elle se contentait de souligner ses yeux de noir. Sans doute les gens la trouvaient-ils négligée ; son mari, lui, la jugeait naturellement belle. Mais il n'était pas objectif. Alex n'avait jamais eu beaucoup d'estime de soi, elle n'allait pas commencer maintenant qu'elle avait tué un homme.

Pour ne pas être reconnue, il lui fallait devenir l'opposé de cette fille de la campagne un peu brute qu'elle avait été jusque-là.

Mais il y avait une autre obligation : elle n'avait pas de papiers pour cette inconnue, il en fallait pourtant. Alex se souvint qu'une estivante avait oublié une carte de mutuelle et une carte de bibliothèque, l'été dernier. C'était une petite rousse, jolie et virevoltante, la trentaine tardive, chercheuse en lettres modernes. Il y avait bien d'autres choses égarées par les vacanciers, des objets innombrables. Les gens laissaient toujours quelque chose en partant. Pour le cas où ils viendraient les réclamer, Alex les entassait dans un vieux coffre. Il y avait un ours en peluche avec un œil en moins, des petites voitures, un bâton de rouge à lèvres, des livres, des sous-vêtements, des vestes, deux lentilles de contact, des barrettes, des trésors amassés par des enfants – marrons, feuilles d'automne, fleurs séchées, petites pierres.

Elle sortit du coffre les cartes oubliées. À l'époque, Alex avait appelé leur propriétaire, Éléonore Delerme, et lui avait proposé de les lui renvoyer par la poste. Mais la jeune femme avait décliné : elle et son mari s'expatriaient à Singapour. La carte de mutuelle était périmée, celle de la bibliothèque le serait deux mois plus tard ; ni l'une ni l'autre ne lui serviraient plus.

Sur sa carte de bibliothèque, Éléonore avait une

vingtaine d'années. En regardant Alex aujourd'hui, un gendarme peu scrupuleux pourrait penser qu'elle n'avait pas vieilli exactement comme on l'aurait imaginé. La nouvelle Éléonore n'aurait aucun autre papier d'identité. Pourvu qu'elle n'en ait pas besoin.

— Il s'est passé quelque chose ? avait insisté Antoine.

Et Alex avait fini par hocher la tête. Oui, un événement était survenu. De ceux qui bouleversent une vie et balaient une existence. Mais elle allait tenter de tout réparer.

Mieux valait pour tous les deux qu'il ne connût pas les détails. Si on l'interrogeait, il ne devait rien dire, sinon qu'elle s'était absentée quelques semaines, qu'ils s'étaient séparés – ils faisaient le point, chacun de leur côté. Aux filles, il dirait que maman était partie quelques semaines pour écrire un livre.

Quant à Charles Berrier, il avait passé quelques jours chez eux, en août, et il était reparti.

— Attends-moi, avait-elle dit en serrant Antoine dans ses bras. Je reviens.

9

La chrysalide

12 août 2018

Le lendemain, elle demanda à Antoine de la déposer à Nantes. Pendant tout le trajet, il ne desserra pas la mâchoire. Alex l'avait supplié de ne pas poser de questions, il s'y résolvait avec difficulté. Impossible de lire dans ses yeux immenses et bleus ce qu'il pensait de ce double départ.

Un instant, elle fut tentée de tout lui avouer, puis elle se ravisa. Lui raconter le meurtre la soulagerait sans doute mais cet aveu encombrerait la conscience d'Antoine. Ce serait un acte uniquement dicté par l'égoïsme, pour qu'elle ne soit plus seule à porter son fardeau de culpabilité. Elle se retint, à contrecœur.

Ils se dirent au revoir sur un parking. Un au revoir sans tendresse, plein de non-dits et de colère. Alex aurait voulu le retenir, se serrer contre lui, mais il ne fallait pas que ce départ prît des allures d'adieux. Antoine finirait par se méfier et, s'il l'interrogeait, elle n'était pas sûre de résister à la tentation de s'épancher.

Elle regarda la voiture s'éloigner ; disparaître l'homme qu'elle aimait.

Puis elle partit faire les boutiques. Elle s'acheta du maquillage. Une palette de teintes d'automne, deux tubes de rouge à lèvres et du vernis à ongles très rouge. Pour ses vêtements, elle opta pour un renouvellement complet. Des jupes assez courtes, près du corps, deux noires et une rouge. Des hauts moulants, aux couleurs éclatantes. Elle choisit une teinture rousse industrielle.

Avant d'opérer sa métamorphose, elle s'accorda une heure de répit. Tout s'était enchaîné si vite qu'elle sentait le besoin de reprendre son souffle avant le grand voyage. Elle quitta le centre-ville et rejoignit la Loire. Elle chemina le long des quais jusqu'aux chantiers navals. Elle voulait réfléchir, se concentrer, mais elle n'y parvenait pas. Ses pensées voguaient, inutiles, sans suite ni idée directrice. Elles suivaient le cours des nuages. Le fil de l'eau. Le sillage parfumé d'une passante.

De loin, la surface de la Loire offrait son étendue scintillante. De près, Alex aperçut une bouteille de bière qui flottait. Elle se dit qu'elle était semblable à ce rebut abandonné, dérivant au gré du courant. Cette pensée elle-même ne dura qu'un instant, chassée par d'autres impressions insaisissables, aussitôt oubliées.

Elle se sentit étrangement apaisée. Non pas une paix douce et légère, mais une paix implacable et glacée. La certitude du désastre.

Pendant l'heure qu'elle passa le long des berges, cette paix eut le goût amer du désespoir.

En milieu d'après-midi, elle prit une chambre dans un hôtel miteux, un de ces lieux de passe qui fleurissaient sur le port il y a quelques décennies, quand le commerce maritime et les échanges sexuels y étaient encore prospères. C'est là, dans moins de neuf mètres carrés, qu'elle procéda à sa transformation.

Alex se dévêtit entièrement. Elle se fit la teinture, dans la minuscule salle de bains, veillant à ne pas tacher les murs. L'odeur chimique était pestilentielle. Les lieux relativement obscurs ne lui facilitaient pas les choses. Elle se mit de la teinture sur un poignet. Elle dut frotter longtemps avant de se débarrasser de cette marque orangée. À force, sa peau s'écorcha et rougit. Alex pensa au sang maculant pour toujours les mains de lady Macbeth. Un gant assez rêche et beaucoup de savon vinrent à bout de la trace ; Alex se demanda s'il en serait de même avec ses remords. S'en déferait-elle comme d'une tache de teinture ?

Elle sécha ses cheveux, d'un roux éclatant. Elle coupa les longueurs en mèches courtes et dégradées. Lorsqu'elle se regarda dans le miroir, elle estima le résultat assez éloigné de l'original et, pour tout dire, plus plaisant. Sa coupe de même que la couleur la rajeunissaient. Elles lui donnaient un air dynamique et espiègle.

Parmi les nouveaux vêtements qu'elle venait de

s'acheter, elle choisit la jupe rouge, moulante. Des collants chair. Des escarpins à talons.

Elle jeta un œil à ses deux cartes, de mutuelle et de bibliothèque. Elle s'efforça d'imiter l'expression de la femme sur la photo. La nouvelle Éléonore devait dévorer la vieille Alex.

Devenir quelqu'un, devenir une autre. Éléonore Delerme avait trente-huit ans. Deux ans de moins qu'Alex. Elle lui permettait de rembobiner le film, revenir un petit peu en arrière et emprunter une autre voie que la sienne. Ce départ imprévu lui offrait l'occasion d'effacer les erreurs commises.

L'idée d'avoir droit à une seconde chance rendit moins amers les sacrifices qu'elle s'apprêtait à faire.

Cette femme rousse, trentenaire, aurait-elle un conjoint, des enfants, ou peut-être une compagne ? Tout était encore ouvert. Alex se trouvait à la croisée des chemins. Le réel n'aurait pas marqué au fer rouge chacune de ses journées. Rien n'aurait été choisi, figé. Sa vie serait une pâte à modeler et elle, un personnage de fiction.

Mais elle ne devait pas se tromper. Chaque erreur pouvait lui être fatale. Un mauvais choix et elle serait démasquée, accusée du meurtre de Charles Berrier.

Et les possibles se refermeraient alors sur une cellule de prison.

Alex déplissa la jupe rouge et sortit de la chambre d'hôtel pour aller s'acheter un téléphone avec une carte prépayée. Comme pour la chambre, elle s'acquitta de la somme en liquide. Antoine et elle conservaient de l'argent dans un coffre, ils s'en servaient pour les dépenses courantes. Avant de partir, Alex en avait vidé le contenu. Elle avait pris également les billets trouvés dans le portefeuille de Charles Berrier. Elle n'en ressentait aucune culpabilité, considérant la somme comme une forme de dédommagement pour le préjudice subi et ceux qui restaient à venir. L'ensemble s'élevait à un peu moins de deux mille euros, en petites coupures.

Elle s'acheta un billet de train en ligne, avec la carte bancaire de Charles Berrier. Alors qu'elle s'apprêtait à accepter la transaction, elle s'aperçut que le voyage en première classe ne coûtait que trente euros supplémentaires. Charles Berrier voyageait forcément en première, et s'il avait décidé de payer un billet à l'une de ses amies, nul doute qu'il aurait payé ces trente euros de plus.

10
Morsure

13 août 2018

En montant à bord de ce train grande vitesse qui allait l'emmener vers Paris, Alex sentit son ventre se nouer. Elle connaissait bien l'angoisse, vieille ennemie de ses nuits et de certaines heures du jour, toujours présente, prête à la mordre au ventre au moment où elle s'y attendait le moins. Ce jour-là plus que tout autre, l'angoisse requérait sa livre de chair. Elle ouvrait grand la gueule et refermait ses crocs au creux de ses entrailles pour ne plus la lâcher. Alex se demandait souvent si les autres souffraient du même mal et, si oui, comment ils parvenaient à desserrer les mâchoires d'un animal si féroce.

Évidemment, dans les circonstances présentes, il était impossible de ne pas ressentir d'anxiété, à moins d'être fou, et jamais la folie ne lui avait paru si lointaine. Sa raison avait pris le dessus, elle marchait à cent, à deux cents à l'heure. Elle courait, elle glissait sur les rails à la vitesse du train. Ce n'était pas une lubie, mais une nécessité vitale. Dans les jours qui viendraient, Alex devrait réfléchir avec plus d'acuité que jamais.

L'intelligence est parfois un luxe d'oisif ; elle constituait, en cet instant, la condition ultime de sa survie.

Sans doute lui faudrait-il aussi de la chance.

Les voyageurs qui s'asseyaient près d'elle pouvaient-ils déceler sa culpabilité ? Les remords affleuraient-ils sur son visage ?

Au premier abord, tous paraissaient absorbés par leurs menus soucis. Mais en y prêtant davantage attention, on s'apercevait qu'il n'en était rien. En réalité, ses compagnons provisoires se dévisageaient à la dérobée. Ils évaluaient leur respectabilité sociale, leur potentiel érotique.

C'était d'autant plus vrai dans ce compartiment numéro deux, en première classe. Là plus qu'ailleurs, les gens s'efforçaient d'établir le poids économique de leurs voisins, en jaugeant le cuir de leur sacoche, la marque de leurs vêtements, le logo de leur ordinateur et le nombre de leurs téléphones portables. On se plaisait à l'entre-soi. On s'agaçait secrètement de la présence d'un passager de seconde classe, qui avait dû profiter d'une promotion. L'inadéquation sociale se déterminait au premier regard. L'intrus n'était pas conforme, ni dans son physique, ni dans ses vêtements, ni dans ses habitudes, et il le sentait. Il faisait profil bas.

Même assis en première, on restait à vie un passager de seconde. Ceux qui n'en avaient pas une claire conscience, ou s'en moquaient, étaient bien pires car leur sans-gêne remettait en cause l'existence même d'une hiérarchie sociale.

Le sex-appeal de ses compagnons de voyage faisait aussi l'objet d'une appréciation furtive. En temps normal, personne ne s'attardait particulièrement sur Alex. Elle était de ces femmes qui sont belles au second regard. Ni sublime ni laide, mais charmante. De toute son âme, elle espérait n'être ni vue ni entendue.

Aujourd'hui, il lui fallait attirer l'attention sur l'être humain neuf, avec ses cheveux flamboyants et son vernis à ongles rouge vif, dont elle avait pris l'apparence. Les hommes lui jetaient des coups d'œil appuyés. Elle n'était pas certaine d'apprécier le nouvel intérêt qu'ils lui portaient mais du moins cette mission-là semblait-elle provisoirement accomplie.

Un contrôleur traversa la rame. Le ventre d'Alex se serra, sa respiration accéléra. Son pouls se mit à battre si fort qu'elle le sentait jusque dans ses tempes. Rien de surprenant, ni d'anormal, pourtant, à la présence de l'homme en bleu marine, mais son uniforme suffisait à faire de lui un représentant de la loi dont Alex désormais se méfiait.

Elle s'efforça de retrouver une respiration lente, abdominale, comme on le lui avait appris au yoga, à la sophrologie ou au taï-chi. Tous ces cours qu'elle avait suivis pour se détendre et qui avaient épuisé ses finances sans jamais lui permettre d'apprivoiser son anxiété. En essayant de prendre le contrôle, elle ne parvint qu'à accélérer le rythme de son souffle et les battements de son cœur.

Elle entrevit avec inquiétude ce qui l'attendait là-bas : les multiples pièges, les nombreux dangers qu'elle aurait à affronter. Mais avant de se projeter, il fallait oublier son ancien moi, s'en défaire comme on se dévêt d'une vieille robe.

Pour renaître, il fallait commencer par n'être plus.

Elle avait laissé à Petit-Mars tous les documents susceptibles de la trahir : sa carte d'identité, sa carte bancaire, son passeport, sa carte Vitale, sa carte de bibliothèque, son téléphone portable. Dans le nouveau portefeuille, emprunté à un vacancier oublieux, elle n'avait mis que de l'argent liquide et les cartes de mutuelle et de bibliothèque d'Éléonore Delerme.

Seule entorse à ces précautions : elle avait reculé le moment de se séparer d'une photo de famille qu'elle aimait. Au milieu d'un grand champ d'herbes hautes et de fleurs sauvages, on pouvait voir Antoine et les filles. Thaïs, treize ans, et Agathe, sept. La différence de tempérament apparaissait immédiatement sur la photo. Thaïs fixait l'objectif sans sourire, d'un air à la fois grave et doux, tandis que sa sœur se roulait dans les pissenlits en riant. Antoine leur disait apparemment quelque chose, si bien qu'il était tourné de trois quarts et qu'on ne voyait pas ses yeux, ni le grain de beauté sur sa pommette droite, juste son visage attentif.

Alex les embrassa tous les trois du regard. Ils étaient tout proches, elle les avait quittés hier. Elle entendait leurs voix, leurs intonations, elle percevait encore contre son corps la chaleur de leur peau.

Sans eux, elle se sentit pauvre et nue.

Elle prit la photo qu'elle déchira discrètement sous la tablette de son siège. Elle jeta les morceaux dans la poubelle.

Subitement, elle éprouva la morsure de désespoir. Mais très vite, elle se sentit étrangement soulagée. Et même plus que cela : le bruit du train sur les rails, celui des portes automatiques, la nouveauté des paysages faisaient naître en elle une émotion brutale, inattendue. Qui se transforma en sentiment. Un sentiment qu'elle se mit à explorer.

Elle contempla son reflet sur la vitre, alors que le train s'engouffrait dans un tunnel. Elle se trouva vulgaire, attirante, imprévisible. Elle qui ne s'aimait guère prit plaisir à s'anéantir pour laisser exister cette inconnue.

Alex Marsan s'estomperait, laissant émerger Éléonore Delerme. Comme un caméléon, elle aspirerait les êtres et les couleurs, elle se fondrait dans le paysage. Elle deviendrait invisible.

L'histoire, leur histoire, à Charles Berrier et à elle, restait une page blanche. Un monde de possibles, de chemins se ramifiant à perte de vue. Il y avait tout à vivre, tout à inventer pour boucler le récit.

Soudain, elle comprit que, dans cette angoisse qui étreignait son ventre, il y avait aussi une part d'euphorie.

L'euphorie du départ, de la route. L'euphorie de la fuite et du vent. L'euphorie du trajet à parcourir, fût-il le plus court chemin vers la catastrophe.

Elle se demanda si on lisait sur son visage que, trois jours plus tôt, elle avait tué un homme.

DEUXIÈME PARTIE

LE CAMÉLÉON

1

Kaléidoscope

Elle arriva à la gare Montparnasse à treize heures quarante-trois, le 13 août 2018.

Elle descendit du train au milieu d'une foule dense. Les Parisiens étaient en vacances mais les touristes affluaient. Elle se sentit d'abord oppressée parmi les badauds. Contrairement aux habitants de la capitale, elle n'avait pas l'habitude de se faufiler avec dextérité entre ces centaines de corps lancés à toute allure dans le cœur de la ville. Pourtant, elle aussi avait appartenu brièvement à cette race de petites Parisiennes au corps mince et à la démarche rapide et assurée. Elle aussi avait considéré les piétons plus lents comme des obstacles à contourner, des ennemis à abattre.

Effrayée par le nombre de gens qui se dirigeaient vers le métro, elle rejoignit la sortie de la gare et se retrouva sur l'esplanade. La lumière l'éblouit, elle se réverbérait sur les dalles. Même la tour Montparnasse, baignée de soleil, n'était plus si effrayante. Le métro lui paraissait une épreuve insurmontable, elle opta pour les arrêts de bus.

L'un d'eux, le quatre-vingt-onze, allait l'emmener à proximité de sa destination provisoire.

En attendant de déterminer un plan de bataille précis, elle avait réservé une location Airbnb à Maison-Blanche. Le quartier chinois du treizième arrondissement avait l'avantage d'être bien connu d'elle et relativement excentré. Elle s'y sentait anonyme, un peu en transit, flottant encore entre l'Alex d'hier et l'Éléonore de demain.

Une étudiante lui fit visiter une chambre de bonne proprette, au sixième étage d'un appartement de la rue Philibert-Lucot. Elle la louait jusqu'à la reprise de l'année universitaire, en octobre, pour épargner un peu d'argent avant la rentrée. En attendant, elle retournerait vivre chez ses parents. Si Éléonore avait le moindre problème, elle pouvait la contacter à tout moment.

Alex avait loué pour une semaine, le temps d'élaborer un plan de bataille. Elle voulait déterminer la meilleure stratégie. Se préparer le mieux possible, durant ces quelques jours avant l'assaut.

Elle passa la fin de l'après-midi à rassembler des souvenirs.

Elle ne ressentait aucune colère envers Charles Berrier. Il piquait même sa curiosité. De toute façon, pour qu'il pût mourir ailleurs, il fallait qu'elle le connût. Cette tâche ne lui était pas pénible. Elle se prit à songer à lui. Leur vie était désormais inextricablement liée, et pourtant elle le connaissait si peu. Il lui était apparu, durant les quelques jours où il avait séjourné dans le gîte, sous des visages multiples. Tantôt il s'était montré joyeux et bon compagnon – elle se souvenait encore de son rire immense, éclatant par instants bruyant et bref –, tantôt il était apparu comme l'écrivain grave et concentré qu'elle avait imaginé jusque-là, tantôt encore elle revoyait son visage rouge et enragé, tandis qu'il fondait sur elle comme un taureau. Charles Berrier était un homme à facettes.

En temps voulu, elle utiliserait ce trait de caractère. Seuls ses livres renvoyaient de lui une image fixe. La beauté de l'écriture, son style un peu suranné, la description si réellement humaine des personnages – là, tout n'était que beauté et douceur. L'homme qui avait écrit ces livres devait être, malgré sa mesquinerie et la noirceur de ses actions, un grand homme. Et plus que cela : un homme exceptionnellement bon. Comment expliquer autrement qu'il pût voir si finement la psychologie d'une enfant, d'une vieille dame, d'un couple d'agriculteurs dans un coin reculé de Bourgogne ? Il fallait, pour les décrire avec tant de grâce, une profonde humanité. Et Alex qui, à aucun moment, n'avait pleuré sur la mort de Charles Berrier se surprit à verser des larmes silencieuses sur les livres de l'auteur disparu. Ce n'était pas des larmes de douleur, comme pour un deuil, mais des larmes d'émotion devant la perfection d'une phrase ou la justesse d'une description.

Il lui restait toutefois un grand nombre de choses à découvrir sur lui.

D'abord, elle devait essayer de comprendre l'homme derrière l'écrivain. Les livres qu'il aimait, les chansons qu'il avait l'habitude d'écouter, son type de femmes. Au fond, elle ne savait pas grand-chose de lui.

Pour son étude, elle avait en sa possession une véritable mine d'or : l'ordinateur portable de Charles Berrier. Pour le smartphone, elle verrait plus tard.

Jamais elle ne s'était sentie aussi reconnaissante envers la société de consommation, qui avait inventé l'expression personnelle de masse. Elle qui tenait habituellement les sites tels que Facebook ou Twitter pour des déversoirs méprisables se félicitait désormais qu'on pût ainsi étaler ses préférences personnelles, même les plus intimes, même les plus insignifiantes, avec une telle facilité et une telle prolixité.

Charles Berrier ne faisait pas exception. Au sein du grand déballage généralisé, il arrivait en confortable position. Ses posts se voulaient spirituels, ils l'étaient souvent. Ils manifestaient une impertinence contrôlée. Sous le fard du cynisme, il exposait sans vergogne ses penchants et ses habitudes. Il postait parfois une photo prise sur le vif avec son téléphone. C'était toujours une vision assez astucieuse, déclinant le thème de la solitude urbaine ou du ridicule contemporain. Le signe évident de son propre bon goût, selon les critères de l'élite intellectuelle.

Sur un des clichés, il avait photographié ses pieds sur le siège de TGV en face de lui. La légende : « Le secret d'un voyage réussi ? Une compagnie choisie. *#élégancenaturelle.* »

Ses commentaires restaient modérés, ils étaient

ceux d'un homme drôle et tolérant. Mais d'autres témoignaient de sa face obscure, celle qu'Alex avait découverte le soir de son anniversaire.

De ceux-ci, on trouvait une trace dans les nombreuses photos de femmes nues qu'il affichait, entre deux posts critiquant la politique libérale ou fustigeant la discrimination raciale. Des filles léchant des sucettes, d'autres à quatre pattes, regardant l'objectif par en dessous, brunes, blondes ou rousses, vingt-cinq ans maximum. Alors que Charles Berrier conspuait le racisme, il pratiquait un sexisme autosatisfait, en toute impunité.

Un autre détail attira son attention. À plusieurs reprises, Charles Berrier se moquait de l'attirance du jeune président pour les femmes mûres. Ses amis et lui se livraient à des plaisanteries douteuses. Comme si, au fond, l'existence des femmes ne pouvait se justifier que par le désir sexuel qu'elles inspiraient aux hommes et que, ce désir parti, ne restait plus envers elles que la haine.

Alex essayait de sortir le moins possible. Pour elle, ce studio constituait un sas entre sa vie réelle et la nouvelle existence que mènerait bientôt Éléonore Delerme. Mais il lui fallait de temps à autre quitter sa tanière. À chaque instant, lorsqu'elle était dehors, elle avait le sentiment d'être observée. Chaque passant représentait une menace. Elle croyait voir en chacun un policier en civil. Elle qui avait déjà une tendance à la sauvagerie se sentait comme un animal traqué.

Trois jours plus tard, alors qu'elle faisait les

courses chez les frères Tang, elle se figea. Dans la foule anonyme et pressée du grand magasin, il lui avait semblé apercevoir Antoine. Elle tenta de se raisonner. Comment Antoine pourrait-il être ici ? Comment l'aurait-il retrouvée ? Un instant, l'hypothèse lui parut plausible. Antoine savait qu'elle avait vécu dans ce quartier et avait pensé que, peut-être, c'est là qu'elle retournerait. Elle balaya cette idée : la culpabilité et la peur d'être arrêtée la rendaient paranoïaque. Il fallait conserver son sang-froid : personne n'était encore sur sa piste.

Elle avait eu une hallucination. Antoine lui manquait tellement qu'elle avait cru le voir. L'absence de ses filles la rendait folle de chagrin. Elle voulait rentrer chez elle, dans sa grande maison au milieu des champs. Avec les saules, les bouleaux et la mare. Elle aurait posé sa veste sur le dossier d'une chaise, se serait blottie dans les bras d'Antoine, puis elle serait allée se rouler en boule dans son lit. Les filles seraient venues comme elles le faisaient toujours et Alex les aurait couvertes de caresses.

Alex ne repensait pas précisément au viol. Mais elle se sentait fragile, vulnérable. Elle aurait aimé pouvoir cacher une arme dans son sac. Pouvoir s'en servir pour tenir à distance quiconque l'approcherait. Se mettre en jupe lui était pénible. Elle se sentait nue. À la merci de n'importe qui. Les coups donnés n'avaient pas été réparés par les coups rendus. Il l'avait agressée, elle s'était défendue, ç'avait été une lutte pour la vie, et elle l'avait remportée. Pourtant, le sang de Charles Berrier n'avait rien lavé, sa mort rien réparé de ce qu'il avait brisé en elle.

Si elle s'efforçait de chasser les souvenirs de ce qui était advenu cette nuit-là, elle faisait souvent des cauchemars. Une fois, les feuilles d'automne tombaient des arbres à un rythme effréné et finissaient par l'ensevelir ; une autre fois, des limaces orange grouillaient sur sa peau et se frayaient un passage dans sa gorge ; une autre fois encore, devenue bourreau, elle tranchait le cou d'un jeune homme qu'elle savait innocent. Elle regrettait, elle voulait revenir en arrière mais il était trop tard, le mal était fait. La tête tranchée avait disparu mais le corps, avec son ouverture béante, disait assez l'ampleur de sa faute.

Jamais Alex ne se considérait comme une tueuse. Elle qui lisait avec passion les histoires de *serial killers* ne se reconnaissait dans aucun d'entre eux. Elle n'était ni Fourniret, ni Émile Louis, ni Xavier Dupont de Ligonnès.

Elle adorait sa famille, Antoine, leurs filles. Elle avait vécu jusque-là une vie normale, à l'abri du monde, une vie modeste et simple. Une de ces vies minuscules et grises que Charles Berrier exaltait dans ses livres.

Elle n'aimait pas faire souffrir, elle n'avait pris aucun plaisir à frapper l'écrivain. Elle savait aussi n'être pas perverse. Elle n'avait accompli son geste ni par excitation sexuelle ni par goût du sang, juste pour se protéger.

Quatre jours passèrent ainsi, durant lesquels elle étudia Charles Berrier. Ce qu'il aimait, ses livres, les sites qu'il consultait le plus souvent, puis ceux qu'il consultait rarement. Grâce à Internet, elle apprit tout de l'homme qu'elle avait tué. Ses goûts culinaires – il se faisait souvent livrer. Ses achats compulsifs de séries et de livres.

Puis elle explora ses fantasmes. Il avait une consommation abondante de films pornographiques mais peu variée, ce qui permettait de le cerner assez vite. Les tags qu'il utilisait le plus fréquemment étaient : « chienne », « laisse », « gangbang ». Ces trois termes étaient toujours associés sur son moteur de recherche.

Grâce aux réseaux sociaux, elle eut accès à des photos de lui et de ses proches. En d'autres termes : sa future galerie de faire-valoir. Elle put identifier sa femme, une jolie blonde sportive, ses amis dont l'un, Franck Legrand, apparaissait sur de nombreuses photos à ses côtés. On les voyait attablés devant une bière, en terrasse, devant un plat d'huîtres en bord de mer, en train de sauter dans la rue ou dans diverses autres postures humoristiques.

Sur un cliché, ils étaient à la plage. Berrier se tenait debout, vêtu d'un improbable maillot de bain rouge, devant son ami allongé sur le flanc dans une posture lascive. Berrier avait intitulé la scène : « Ulysse et la sirène ».

Alex se souvint des mots de l'écrivain à l'égard de son ami : « Le seul qui me comprenne, c'est mon copain Franck Legrand. Et ce n'est pas parce que je lui prête les clés de ma garçonnière de temps en temps. C'est le seul qui soit au courant qu'elle existe. À part ma maîtresse, évidemment. Franck, je l'aime d'amour. Je le connais depuis le lycée. On était les deux *weirdos* du bahut. Je me suis servi de lui pour créer mon personnage de Sylvain Pinel. Heureusement qu'il ne s'en est pas rendu compte ! »

Sur les photos, son ami Franck et lui s'amusaient comme deux gamins mais la réalité était sans doute plus grise. D'ailleurs, même leur physionomie les trahissait : Charles Berrier le géant occupait tout l'espace. Sa peau translucide captait la lumière. Son rire devait couvrir les autres voix, son succès littéraire envahir l'espace médiatique. Alex lut ainsi de nombreux articles le concernant. Il y avait ceux, élogieux, qu'il repostait et ceux que, critiques, il livrait en pâture à ses « amis ». Car, au lieu de les ignorer, Charles Berrier avait adopté la stratégie consistant à exhiber les lignes désobligeantes pour mieux inciter ses contacts à se déchaîner sur le malheureux journaliste ou, plus souvent, sur un blogueur inconnu.

Dans la profusion de contenus déversés sur les réseaux sociaux, il y avait une seule chose que taisait Charles Berrier. Le petit scandale que certains internautes avaient, par dérision, nommé « le stargate ». Cet épisode peu glorieux de la vie de l'écrivain passionna Alex. Elle se demanda s'il ne constituait pas une piste intéressante.

La polémique, cantonnée à un minuscule cercle germanopratin, lui avait échappé à l'époque. Trois années plus tôt, Céline Salmon, auteure obscure d'une maison d'édition prestigieuse, recevait sur la Fnac et Amazon des avis de lectures qui la descendaient en flammes. Si les commentaires n'avaient pas été si nombreux ni si virulents, elle n'y eût peut-être pas prêté attention. Mais des détails finirent par l'alerter. Elle fut d'abord frappée par l'extraordinaire violence des propos, puis elle s'aperçut que certains mots, un peu trop spécifiques, revenaient d'une critique à l'autre. Après plusieurs lectures attentives, elle comprit grâce à leur champ lexical que tous ces gens qui vomissaient ses livres étaient une même personne.

Pour des raisons connues d'elle seule, et probablement d'ordre sentimental ou sexuel, elle soupçonna Charles Berrier d'être l'auteur de ces commentaires. En se penchant sur la question, elle finit par effectuer des recoupements parmi certains pseudos. « Martin Guerre », qui jugeait les romans de Céline Salmon semblables aux « pathétiques tentatives d'un porc qui, de sa boue, cherche à atteindre le ciel », attribuait en revanche cinq étoiles au dernier roman de Charles Berrier avec ces mots : « Si la beauté pouvait dire d'où elle vient, elle désignerait sans doute l'encrier de Charles Berrier. »

Confondu par Céline Salmon sur Twitter, Charles Berrier avait fini par avouer. Il avait bien écrit sous pseudo des commentaires dithyrambiques sur ses œuvres et violemment critiqué les romans de sa consœur. Il reconnaissait son forfait et s'en excusait publiquement. Il l'attribuait à *un* insupportable orgueil et aux errements de la passion déçue.

Loin de le desservir, la polémique le rendit plus célèbre encore et les aveux, exercice très prisé de notre vieille culture catholique, ravivèrent l'affection de ses lecteurs. Son acte de contrition lui fut économiquement profitable.

Un grand mystère demeurait : pourquoi un homme aussi célèbre que Charles Berrier, titulaire d'un prix Goncourt, avait-il eu besoin de s'ajouter des étoiles sur Amazon ? S'agissait-il d'une compulsion narcissique ou d'une spéculation gagnante sur les pouvoirs du scandale, alors même que la polémique le faisait apparaître sous un jour assez pathétique ?

Finalement, tout le monde y gagna en notoriété. Céline Salmon sortit de l'anonymat relatif où elle se trouvait. Mais le vainqueur du duel resta son adversaire, à qui profitèrent doublement le crime et le repentir.

Alex accorda une longue réflexion à cet événement et à sa conclusion. Le scandale avait accru la popularité du bourreau et de sa victime. Il avait attiré l'attention, comme la muleta attire le taureau. Berrier aurait pu être mort ou vivant, cela n'eût rien changé à l'affaire.

Au fond, le meilleur moyen pour que l'on continuât à croire Berrier en vie serait sans doute d'agiter le chiffon rouge d'un scandale.

Ce soir-là, Alex décida de semer une première graine de ce scandale à venir. Surfant sur le goût douteux de Charles Berrier en matière de femmes nues, elle posta une photo pornographique avec, pour légende, une citation du *Chien* de Léo Ferré :

« Et nous ne sommes pas contre le fait qu'on laisse venir à nous les chiennes,

Puisqu'elles sont faites pour ça. »

Une fois labouré le champ quasi infini d'Internet, Alex décida de s'attaquer au téléphone portable de Charles Berrier. Elle avait retardé jusque-là l'ouverture du précieux outil et il y avait à cela une raison très précise : il se déverrouillait avec un lecteur d'empreinte digitale.

Elle conservait précieusement, dans une glacière, l'index de l'écrivain. Il lui suffisait donc de sortir le doigt de son enveloppe de givre et de l'appliquer sur le bouton du smartphone. Mais elle répugnait à manipuler ce morceau de cadavre. Un instant, elle s'était même demandé si les empreintes digitales subsistaient après la mort de leur propriétaire. Mais il était évident que les sillons sur la pulpe des doigts ne pouvaient disparaître avant la putréfaction complète des chairs. Pour Berrier comme pour tous ses frères humains, celle-ci surviendrait un jour ou l'autre. Alex se résolut donc, avant qu'il soit trop tard, à presser le doigt mort sur l'iPhone.

Aussitôt, l'écran verrouillé disparut et laissa place aux nouveaux secrets de l'auteur. Elle eut accès à son agenda, à ses contacts, à son historique Safari. Elle découvrit aussi des applications inattendues, telles que des tutoriels d'hypnose destinés à lutter contre la claustrophobie. Apparemment, Charles Berrier évitait les petits avions et ne montait jamais dans un ascenseur.

Elle tomba aussi sur un curieux enregistrement. Celui d'un homme, accompagné au piano, en train de chanter quelques tubes français des années soixante-dix, dont *Chanson pour Anna* de Daniel

Guichard. Alex reconnut évidemment la voix de Charles Berrier. Elle s'étonna à la fois de sa justesse – l'écrivain avait un petit talent, c'était indéniable – et de cette passion secrète pour la chanson française surannée.

Grâce à des extraits d'interviews glanées sur le Net, d'émissions de télé, de podcasts, Alex put imiter ses tics, ses intonations, devant le miroir. Au point que parfois, sous les mimiques et les phrases de Charles Berrier, elle finissait par se perdre elle-même.

Le cinquième jour, Alex esquissa la ligne directrice de son plan : pour que Charles Berrier mourût ailleurs, de la main d'un ou d'une autre, il fallait écrire le scénario le plus plausible. Et donc, découvrir son ennemi le plus intime. Elle mènerait son enquête. Pas une enquête métaphorique sur un individu : une véritable enquête policière, une enquête *à rebours*, pour dénicher qui, parmi ses connaissances, *allait tuer* Charles Berrier.

Le sixième jour, elle dressa une liste de suspects : sa femme, sa maîtresse, son meilleur ami, son beau-père, peut-être la victime du stargate – même si ce serait tiré par les cheveux. Les proches font toujours de meilleurs coupables.

Le septième jour, elle se reposa.

Plus jamais, lors de cette semaine-là, elle ne crut voir Antoine parmi la foule des anonymes. Elle commençait à apprivoiser son absence.

2
La légende

Mais le temps filait. Alex n'avait fait qu'effleurer la surface de Charles Berrier ; bientôt, il faudrait mordre sa chair. Au milieu de ses proches, entrer dans sa vie et la tordre.

Elle avait opéré une première métamorphose, celle d'une femme de la campagne en Parisienne. Il lui fallait désormais, à la manière des agents secrets, s'inventer une légende. De nouvelles origines, un nouveau parcours scolaire, universitaire, sentimental, professionnel. Évidemment, elle allait commencer à rebours. Elle connaissait la fin de l'histoire : elle venait d'être embauchée comme assistante personnelle de Charles Berrier. Par son ordinateur et quelques interviews, elle savait qu'il en avait eu plusieurs, qui n'avaient jamais tenu très longtemps. Elle serait l'une de ces femmes de passage.

Éléonore Delerme, la vraie, était née à Bordeaux comme l'indiquaient les sixième et septième chiffres de son numéro de Sécurité sociale. Alex serait donc originaire du Sud-Ouest. La ville ayant avec Nantes plusieurs similitudes, de population, de taille, de façade maritime et d'histoire négrière, il lui serait facile de transposer.

Adolescente, Éléonore aurait commencé à étouffer dans cette ville trop bourgeoise et guindée, elle se serait mise à rêver de Paris. Alex s'inspirait pour ces éléments de sa propre jeunesse. Puis elle s'en éloigna à nouveau en inventant à Éléonore un goût et un talent innés pour le commerce. Toute petite déjà, « Léo » aurait été capable de refourguer une collection complète de trente-trois tours à un sourd. C'était une maligne, une baratineuse. Elle adorait raconter des histoires, elle en racontait tout le temps, le plus souvent pour obtenir quelque chose. Très tôt, elle avait compris qu'on ne vend pas des objets mais des récits. On n'achète pas une table, ni des chaises : on achète ce qu'elles disent de nous ou d'un autre monde auquel elles nous donnent accès.

Amusés par cette enfant qui faisait prendre les vessies pour des lanternes, ses parents avaient encouragé son talent. Léo avait assez naturellement réussi l'entrée d'une grande école de commerce, qui avait ajouté, au bagout spontané de l'enfant, des techniques de vente issues de manuels spécialisés. Elle avait également appris à compter, à classer, à ordonner. Forte de ces compétences et de l'aide financière de ses géniteurs, pharmaciens bordelais, elle était montée à Paris.

Ses talents de vendeuse de vent allaient de pair avec un amour tenace de la littérature. Pour Léo, les boniments de la vente rejoignaient intimement l'écriture. Elle avait alors décidé de joindre son goût à ses talents, en ouvrant une petite échoppe de bouquiniste sur les quais. C'est là qu'elle avait rencontré Charles Berrier.

Trois semaines plus tôt.

Il s'était arrêté devant ses vieux exemplaires de recueils de Nerval. Ils avaient commencé à discuter de Mallarmé et d'Aloysius Bertrand. Ils s'étaient senti des affinités. Charles Berrier s'était ouvert à elle de ses actuelles difficultés pour écrire. Elle lui avait prodigué des conseils : changer de méthode, écrire debout, dicter ses récits à son téléphone en marchant. Berrier s'était montré impressionné par son imagination. Il avait été séduit par sa fougue. Il avait fini par voir en elle une solution à son problème et lui avait proposé de devenir son assistante personnelle.

Ses fonctions couvriraient un domaine assez vaste : s'occuper des tâches administratives, classer son courrier, appeler les impôts, remettre de l'ordre dans ses droits d'auteur… Il lui confierait aussi des missions plus triviales : renouveler un abonnement au sport ou lui acheter une nouvelle paire de baskets.

Mais, surtout, il avait décidé de changer sa technique d'écriture et de lui dicter son prochain livre. Il en avait assez, disait-il, de taper ses phrases sur un clavier. Pour lui, ainsi écrites, elles devaient être parfaites. Aussi était-il toujours insatisfait, déçu du fossé entre ses aspirations et sa production concrète. La dictée lui ôtait cet impératif d'excellence immédiate. En banalisant les choses, elle les rendait plus fluides. Il dictait, Léo écrivait. Et le manuscrit avançait. L'accumulation des pages le rassurait. Le livre était là, il se formait. Avec la dictée, plus de peur de la page blanche. Car les pages étaient déjà couvertes de phrases.

La vie personnelle de Léo ? Rien à déclarer. Il faudrait que ses interlocuteurs pensent qu'elle aimait Charles Berrier sans se l'être avoué. Ils devaient en arriver eux-mêmes à soupçonner une attirance inconsciente, informulée.

Léo n'avait pas de compagnon, pas d'enfants. Elle avait eu un amoureux, il n'y a pas si longtemps, un homme qui la serrait dans ses bras. Mais il avait cessé de l'aimer. Ça s'était passé un dimanche, elle pouvait le dater avec précision. Il lui avait dit : « Je suis désolé, Léo, je ne t'aime plus comme avant. »

Au début, elle n'avait pas compris. Il avait fini par préciser sa pensée : il continuait à avoir pour elle une grande affection, et même une attirance physique, mais la passion était passée. Personne n'aurait su dire pourquoi. Mais les faits étaient là, tenaces : elle avait disparu. Quand il était parti, le lendemain, elle s'était dissociée. D'un côté, un corps au ventre douloureux et à la respiration bloquée ; de l'autre, une personnalité en lambeaux.

Alex s'imagina ce qui se passerait si Antoine la quittait. Il était son pilier. Elle avait toujours été certaine qu'il était la condition de sa raison. Sans lui, elle perdrait la tête. Saurait-elle s'occuper de ses filles, elle ne le pensait pas. La colère, la douleur la balaieraient. Elle ne saurait pas les endiguer, construire un barrage pour les empêcher de la submerger et de la détruire. Avec Antoine, Alex était une femme équilibrée, une mère normale ; mais cet équilibre était fragile. Il suffirait qu'il cessât de l'aimer pour que la folie tapie au fond de son ventre jaillît et la dévorât. Et quoique son amour pour Thaïs et Agathe fût immense, il ne pourrait suffire à la maintenir en vie.

Mais Léo était bien plus forte qu'Alex. Léo ne conditionnait pas sa santé mentale à la présence d'une famille. Elle tenait debout, entière et seule. Elle avait sombré dans la tristesse quand l'amoureux était parti, elle avait cru se perdre mais elle n'avait fait que plier sous la tempête. Quand le vent s'était calmé, elle avait redressé la tête et regardé autour d'elle. Le chêne s'était effondré, mais pas elle. Alors elle avait poursuivi le fil de sa vie, plus forte de sa certitude de n'avoir besoin que d'elle-même et de n'avoir plus personne à perdre.

Sa légende créée, Alex ressentit un bref soulagement. Pour crédibiliser sa nouvelle identité, il fallait se souvenir de tout, des grands traits aux infimes détails. Comment être certaine de ne rien oublier ? Elle décida de tout consigner dans un cahier. Non pas un aide-mémoire – trop dangereux s'il venait à être découvert – mais le véritable journal intime de Léo Delerme.

Une fois qu'elle eut tout relaté, Alex se dit en souriant qu'elle venait de devenir à son tour un être de papier. Un personnage de roman. Comme Charles Berrier, au fond. À la différence qu'elle ne vivait pas uniquement dans les pages d'un journal intime, tandis que Charles Berrier, lui, n'était plus suspendu qu'au fil de son imagination.

Elle décida de faire un tour devant l'immeuble de l'écrivain. Elle avait besoin, après ces jours passés à le malaxer, d'en faire un personnage de sa vie à elle. Elle espérait que la pierre rendrait à l'écrivain un peu de réalité.

Elle sortit du métro à la station Passy et remonta vers le square Raynouard, où Charles Berrier vivait avec sa famille. Elle traversa une rue encombrée, tant de voitures haut de gamme que de commerces de bouche. Les passants se pressaient – des femmes noires promenant des enfants blonds dans des poussettes aérodynamiques, des vieilles dames en tailleur chic, des hommes en costume. Une octogénaire donnait de petits coups de canne à une jeune fille qui marchait devant elle pour se frayer un passage.

Elle entra dans le square Raynouard, vide à cette heure, et observa les immeubles. Ils étaient tous bâtis sur le même modèle : six étages, des moulures, un hall avec un tapis rouge, des loges de concierges sur la droite. Curieusement, malgré la pesanteur de ces façades bourgeoises, l'immeuble de Charles Berrier ne lui donnait aucune consistance. Il était si conforme à ce qu'Alex attendait qu'il en perdait toute réalité. Il lui manquait une brèche, un défaut ou une particularité à laquelle s'accrocher.

C'est alors qu'elle aperçut Antoine. Cette fois, aucun doute possible. Sa silhouette longiligne, son visage anxieux, ses yeux immenses, ses lèvres. Elle eut envie de courir vers lui. Elle n'en fit rien. Elle s'accroupit derrière une voiture, le temps de comprendre ce qui lui arrivait. Pourquoi était-il ici ? Que cherchait-il ? Rien de tout cela ne semblait avoir le moindre sens. Elle s'efforça de reprendre son souffle, attendit que son cœur recommençât de battre. Lentement, ses pensées reprirent forme.

Antoine la cherchait. Évidemment, il n'était pas là par hasard, il essayait de la retrouver. Mais pourquoi ? Que savait-il ?

L'hypothèse la plus plausible : il avait retrouvé le corps. Il avait compris. Mais compris quoi précisément ? Pensait-il qu'Alex avait tué l'écrivain par jalousie, ou sur un coup de folie ? Il savait que sa femme avait été internée et il savait pour quelle raison – cet accès de violence contre un inconnu croisé dans la rue. Il connaissait par cœur ses bizarreries, sa nature sauvage. Il avait lu les pages qu'elle consacrait à Xavier Dupont de Ligonnès. L'imaginait-il capable d'un meurtre de sang-froid ou avait-il tout reconstitué ?

À moins qu'il n'eût pas trouvé le corps, rien compris aux motivations d'Alex pour s'enfuir. Mais alors, pourquoi la cherchait-il ici, devant l'immeuble de Charles Berrier ?

Il se figurait peut-être que l'écrivain était rentré chez lui et qu'il pourrait lui donner des informations, puisque sa disparition avait précédé d'un jour celle d'Alex. Ou il voulait vérifier que l'écrivain avait disparu.

Alex retenait sa respiration. Elle entendait, ou croyait entendre, les semelles des baskets d'Antoine.

Elle sentait son regard se poser sur le square. Il attendait. Elle distingua le bruit d'un briquet. Antoine avait donc recommencé à fumer.

S'il la soupçonnait d'avoir assassiné Charles Berrier, qu'allait-il faire : la livrer à la police ? L'aider à s'enfuir, à quitter la France ?

Parmi toutes ces incertitudes, une chose était certaine : il les mettait en danger. Il menaçait le plan qu'elle édifiait patiemment. À quoi servait-il qu'elle se fût transformée en Éléonore Delerme, s'il attirait l'attention des proches de Charles Berrier sur Alex ?

Elle pensa à leurs filles. Elles étaient probablement chez leurs grands-parents paternels. Le père d'Alex s'était pendu vingt ans plus tôt dans une grange, sa mère vivait à Nantes mais elle était partie en voyage et ne devait rentrer que le 15 septembre.

L'amour d'Antoine en faisait son pire ennemi. Elle aurait dû mieux préparer son départ, inventer un motif plausible pour ce brutal éloignement. Mais quoi ? Feindre la lassitude, dire qu'elle voulait faire un break ? Elle lui aurait brisé le cœur et, même si l'enjeu était de taille, elle ne s'y résolvait pas.

Le crissement de ses baskets se rapprochait, il allait passer devant les voitures. Il la verrait. Que penserait-il en la voyant ici, rousse et un peu vulgaire ? Il la reconnaîtrait évidemment. Il lui faudrait s'expliquer, or elle n'avait rien préparé.

Il s'avança, elle n'eut que le temps de se glisser sous la voiture. Heureusement, c'était un quatre-quatre aux roues immenses. Elle se recroquevilla et attendit. Elle aperçut ses chaussures bleues. Le bas de son jean. L'apparition de ces habits, dont elle savait par cœur l'étoffe, la forme, dans la vie nouvelle qu'elle essayait d'inventer la bouleversa.

Il s'attarda devant l'immeuble. Peut-être hésitait-il à sonner. Puis il tourna les talons. Elle entendit ses pas s'éloigner, puis disparaître. La ville l'avait repris.

Au bout de quelques minutes, Alex sortit de sa cachette. Elle avait des traces de crasse sur l'avant-bras. Elle se nettoya tant bien que mal avec un mouchoir en papier.

Elle regarda autour d'elle, Antoine avait disparu. Peut-être avait-elle rêvé son apparition. Au fond, rien ne pouvait jamais prémunir Alex contre sa folie latente.

Elle se reprit. Elle n'avait pas rêvé. Antoine était là, tout près. Il la cherchait.

Il était devenu une menace.

3

La garçonnière

21 août 2018

Le huitième jour, elle décida de s'installer dans la garçonnière de Charles Berrier. Si l'écrivain avait déjà mentionné devant Antoine l'immeuble où il vivait avec sa famille, tournant en dérision leur vie bourgeoise et guindée, Alex avait en revanche la quasi-certitude qu'il n'avait mentionné l'appartement que devant elle.

C'était, à tous points de vue, la solution la plus satisfaisante. Elle ferait d'une pierre trois coups : échapper à son mari, économiser un loyer et accroître son intimité avec l'écrivain. Comment mieux le connaître qu'en s'asseyant dans son fauteuil et qu'en s'endormant dans son lit ?

Elle savait que l'appartement était dans le onzième arrondissement de Paris. Mais comment en trouver l'adresse exacte ? Elle l'obtint dans un courriel de son notaire, ce qui lui permit d'apprendre la date de la transaction et le montant de la vente. La garçonnière mesurait trente-sept mètres carrés. D'après les diagnostics, elle était située sur une zone inondable et on notait la présence de plomb dans les peintures. Charles Berrier l'avait achetée vingt ans plus tôt. Le bien, acquis avant son mariage, n'appartenait qu'à lui. Son épouse en ignorait probablement l'existence – c'est la vocation d'une garçonnière.

Charles Berrier s'était choisi un pied-à-terre central, assez loin de l'appartement familial.

Alex mit un terme à sa location sur Airbnb, dit adieu à l'étudiante et, sa valise à la main, prit le métro jusqu'à Richard-Lenoir. Le cœur battant, elle s'arrêta devant un immeuble ancien plutôt modeste, au bout d'une impasse. La barrière en métal était fermée par un digicode. Elle attendit quelques instants pour voir si quelqu'un entrait. Le ventre noué. Et si on lui demandait ce qu'elle faisait là ? Si on l'empêchait d'entrer ? Elle essayait de se raisonner. Personne n'allait se mettre à fouiller sa valise. On ne la dénoncerait pas aux flics parce qu'elle ne connaissait pas le code du portail.

Personne ne découvrirait le doigt de Charles Berrier enveloppé de cellophane.

Au moment où une femme sortait de l'immeuble, elle eut le culot qu'ont parfois les timides et elle l'aborda :

— Je suis la nouvelle assistante de Charles Berrier et il a oublié de me donner le code d'entrée.

La femme lui jeta un regard inexpressif :

— Connais pas de Charles Berrier. C'est une grande copro, ici.

Et, sans faire aucune difficulté, elle lui donna le

sésame : 6157. Alex remercia et entra. Dans le hall où se trouvaient les boîtes aux lettres, elle chercha le nom de Charles Berrier. Elle ne le trouva nulle part. Puis elle se souvint de la technique de l'écrivain. Elle passa attentivement en revue la boîte de chacun des résidents. Et finit par découvrir « Paul Ardusson ».

Paul Ardusson. Un nom banal, parmi d'autres noms banals. Sauf qu'Ardusson était un personnage du *Chant des autres*, son premier livre. Un très beau personnage, d'ailleurs, un architecte qui construisait des édifices grandioses pour ses clients et ne terminait jamais rien pour lui. Avec sa femme, il vivait dans une ancienne ferme de l'Yonne. Il avait, pour le bâtiment, des envies si dispendieuses qu'il avait décidé de commencer par l'extérieur. Après tout, ils avaient acheté cet espace pour vivre dehors. Il allait donc construire une piscine. Pas n'importe laquelle, un lieu unique, inoubliable. Le bassin serait composé de carreaux en céramique, dans les tons bleus et or inspirés de la grande mosquée de Jérusalem. Autour, il installerait un pourtour en bois de pin. Des chaises longues, des parasols.

Il entreprit de creuser le trou lui-même et il fit passer des canalisations. Mais entre-temps, il eut un nouveau projet. Il se mit en tête de transformer le champ en jardin zen. Il délaissa le trou et les tuyaux pour labourer, semer ou planter, porter des pierres pour créer un chemin au sein de la végétation. Mais une fois la terre retournée et le chemin de pierre encore inachevé, il s'enthousiasma pour un autre encore. Il allait bâtir une serre. Évidemment, il était hors de question qu'un autre officiât à sa place. Il réaliserait les travaux de ses mains.

Le plus curieux, dans l'histoire de Paul Ardusson, c'est que sa femme suivait chaque projet avec la même intensité que lui. Jamais elle ne lui reprochait les trous, ni les vieux sacs de ciment délaissés, ni les mauvaises herbes couvrant le terrain. Elle s'enflammait et oubliait également à mesure que naissaient de nouvelles idées. Des gravats jonchaient la propriété, les vestiges de leurs rêves inachevés.

Loin de les blâmer, l'écrivain semblait considérer leurs chantiers comme autant de preuves de leurs capacités à imaginer un monde plus grand et plus beau que le nôtre. Il mettait au crédit de Paul Ardusson non seulement sa capacité à enfanter des chimères, mais aussi leur constant ajournement. Son tempérament velléitaire était érigé en talent.

Sur la boîte aux lettres étaient indiqués le bâtiment, l'étage et l'emplacement de l'appartement.

Arrivée devant le bâtiment B, Alex se heurta à une deuxième porte fermée par un autre digicode. On pouvait également entrer grâce à un badge magnétique. Elle fouilla le trousseau de clés de Charles Berrier. Au milieu, elle repéra un ovale noir qu'elle plaça près de l'ouverture. Bruit de métal. La porte s'ouvrit.

Elle gravit les étages d'une cage d'escalier modeste, à la peinture écaillée. De larges fissures griffaient le mur. Il n'y avait pas d'ascenseur. Elle se souvint que Berrier était claustrophobe.

Elle atteignit le quatrième niveau, marcha jusqu'à une porte blanche. À nouveau, son cœur se mit à battre trop vite, un filet de sueur coula sur sa tempe. Les prémices d'une crise d'angoisse.

Il fallait trouver la bonne clé, ce qui supposait d'essayer toutes celles du trousseau sans alerter les voisins. Qui sait s'ils n'allaient pas s'inquiéter et appeler la police ?

Comment justifier l'enchaînement des événements ? Restait-il encore une possibilité de prouver l'agression physique ? Ses chairs en avaient-elles conservé les stigmates ? Pourrait-elle plaider la légitime défense ?

Le départ d'Alex serait considéré comme une fuite. De quelque point de vue que l'on considérât la chose, il était trop tard : il n'y avait plus de retour en arrière possible.

Alex avait également peur, d'une peur bien plus irrationnelle : et si elle ouvrait la porte et que, derrière, il y eût quelqu'un ?

Et si Alex ouvrait la porte et que, derrière, se tînt Charles Berrier ?

Alex ne croyait pas aux fantômes. Elle ne pouvait toutefois s'empêcher de l'imaginer. Il serait là, debout, il la fixerait. Il la saisirait à la gorge. Il se vengerait.

Elle songea aux *hungry ghosts* du bouddhisme chinois : au septième mois lunaire, les portes des mondes souterrains s'ouvrent pour laisser sortir les fantômes faméliques, esprits égarés qui n'ont pas réussi à trouver le repos et reviennent hanter les vivants. Les *hungry ghosts* sont des morts que leurs parents n'honorent pas, ou des victimes de mort violente, des disparus en mer. Ceux-là remontent des abîmes pour se venger de leur douleur éternelle. Pour les amadouer, les vivants leur dressent des autels devant la porte, ils allument des bougies et des bâtons d'encens, puis ils brûlent des faux billets, des chevaux ou des voitures en papier pour les renvoyer aux enfers.

Elle commença par observer les clés du trousseau pour voir celle qui semblerait la mieux adaptée à la serrure. Ainsi éviterait-elle d'essayer trop de combinaisons. Contrairement à ses voisins, Berrier avait fait installer une porte blindée. Elle découvrit dans le trousseau deux clés à points. Sans doute celle de son appartement du seizième et celle d'ici. Elle essaya la première, la plus grosse, et échoua. À cet instant, l'une des trois portes s'ouvrit. Si Alex avait cru qu'elle ne survivrait pas à sa peur, celle de l'homme immense, en face d'elle, semblait au moins égale à la sienne. Il devait mesurer près de deux mètres, il avait des cheveux blonds très longs, noués en catogan. La quarantaine, en jogging.

Lorsqu'il ouvrit la porte, Alex eut le temps d'apercevoir son appartement – un studio minuscule, rempli d'objets comme dans un entrepôt de meubles. À son expression, à la façon dont il baissa la tête, évitant de la regarder, elle comprit que le voisin de Charles Berrier lui avait inspiré Anton Johannsen, un autre personnage du *Chant des autres*, qui souffrait du syndrome d'Asperger. Il vivait en partie de la revente de meubles qu'il trouvait dans la rue et retapait, il revendait aussi les bouchons en plastique dans les supermarchés.

— Bonjour, lança Alex.

Sans lui répondre, l'homme ouvrit la troisième porte de l'étage – des toilettes sur le palier.

Alex essaya l'autre clé et pénétra dans l'antre de Charles Berrier.

La garçonnière s'ouvrait sur la pièce principale, comprenant un salon et une cuisine américaine. Deux fenêtres donnant sur une cour intérieure, un parquet de chêne, des meubles aux teintes claires, allant du blanc au bois clair. Un tapis en coco. Un bureau avec un siège en cuir. Une grande bibliothèque tapissée de livres. Des CD de musique classique et de chansons françaises.

Cette pièce principale était prolongée par une chambre minuscule. Même si elle était peu lumineuse, on s'y sentait étrangement bien. Les couleurs dominantes étaient le blanc immaculé des murs et le violet du lit et des rideaux. Les draps, la couette, surmontée d'un plaid en poil, tout était violet. Près de la table de nuit, Alex repéra une vaste gamme de médicaments. Du Xanax en quantité ainsi que diverses substances pour dormir, allant des traitements placebo aux plantes jusqu'aux somnifères purs et durs, type Rohipnol.

Alex hésita un instant puis elle avala un demi-Xanax et s'allongea sur le lit. La couverture en poil était d'un goût douteux mais jamais Alex n'avait été enveloppée dans une texture plus douce.

Inexplicablement, elle se sentait déçue. À quoi

s'attendait-elle ? Il y avait là tout ce qu'elle pouvait imaginer : des livres, de la musique, un bureau – un espace où lire et écrire. Un lit douillet où emmener sa maîtresse. Dans la cuisine, elle avait même trouvé plusieurs bouteilles de vin et de champagne. Pourtant, il manquait quelque chose que, faute de mieux, on aurait pu nommer *une âme*. Au fil des jours, les lieux avaient perdu la trace de Charles Berrier. C'est à ce moment qu'Alex s'aperçut qu'elle avait gardé en mémoire l'odeur de l'écrivain. De façon inconsciente. À son insu. Elle savait la marque de son eau de toilette, *Bel Ami*, elle savait des effluves plus secrets, sa transpiration, celle de l'excitation, celle de la peur, elle savait aussi d'autres parfums, ceux qu'on ignore généralement – ceux de son sang, ceux de sa chair ouverte.

Quand on a d'un être une connaissance physique si intime, il semble logique de considérer tout le reste comme un reliquat superficiel et vain.

Elle avait vu la face noire de Charles Berrier, elle savait l'expression d'impossible abandon qu'il avait dans la mort. Qu'attendre alors de sa garçonnière qu'elle ne sût pas déjà ou qui ne fût dérisoire ? Elle pouvait désormais, contemplant le visage bouffi d'orgueil du grand auteur sur ses photos Facebook ou Instagram, lui rappeler non pas qu'il allait mourir, mais qu'il était mort. *Memento mortuus es*.

Sans doute la « garçonnière » avait-elle éveillé en elle plus d'attentes et de fantasmes qu'il n'eût fallu. Garçonnière. Le mot, avec ses accents balzaciens, évoquait le luxe et la luxure, les cocottes et la grande bourgeoisie. Et voilà qu'elle se trouvait plongée dans un intérieur Ikea à peine agrémenté d'une couverture en poil violette.

Elle s'endormit. Et fut réveillée par un coup de sonnette.

Il faisait grand jour.

Elle se demanda si on pouvait, littéralement, mourir de peur.

4

Soraya

Après le premier coup de sonnette, l'intrus se mit à frapper à la porte. Alex se pétrifia. Si elle restait ainsi immobile, peut-être l'inconnu disparaîtrait-il comme il était venu.

On frappait toujours. Alex pensa spontanément à Antoine. Il l'avait peut-être suivie, sans qu'elle s'en aperçût, du square Raynouard jusqu'ici. Si tel était le cas, il deviendrait un danger trop grand : il faudrait le faire entrer et parler. Donner une explication, véritable ou mensongère. Et le chasser au plus vite. Si elle voulait inventer à Charles Berrier une nouvelle fin, il fallait qu'aucun lien entre lui et Alex ne pût être établi.

Soudain, Alex entendit distinctement le bruit des talons. Ce n'était pas Antoine, c'était une femme.

Le cœur d'Alex tambourinait dans sa poitrine. Et si la visiteuse de Charles Berrier possédait une clé ? Et si elle entrait, là, maintenant ? Lirait-elle sur le visage d'Alex le drame passé ?

Malgré sa terreur, Alex voulait savoir. Ou plutôt elle voulait voir. Elle était pieds nus. Elle décida de parcourir les deux mètres qui la séparaient de l'entrée et d'observer par l'œilleton le visage de l'inconnue. Elle s'avança timidement.

Comme un taureau qui frappe le sol avec ses sabots, on percevait l'impatience de la femme au bruit de ses talons.

Alex parvint à la porte sans avoir fait grincer le parquet. Elle colla son œil contre la lentille.

Sur le seuil, une quadragénaire de type maghrébin. Elle n'était pas belle à proprement parler, ses traits n'étaient pas réguliers, mais elle dégageait quelque chose de puissant et d'émouvant. C'est ainsi qu'Alex aurait pu s'imaginer la Carmen de Georges Bizet. Ses cheveux bouclés et noirs couverts de fils gris. La mèche blanche. Sans maquillage, sans apprêt. Un visage nu. Alex comprit immédiatement qui elle était : la maîtresse de Charles Berrier.

Soudain, la femme sortit son portable et composa un numéro. Aussitôt, le téléphone de Charles Berrier se mit à sonner.

Depuis la disparition de l'écrivain, Alex avait reçu de nombreux textos et messages vocaux. Elle répondait à tous par écrit. Des mots brefs, dans le style direct que l'auteur utilisait pour ce type de communication. Il y avait des appels de sa femme, de sa fille, des coups de fil professionnels. Elle mettait un soin particulier à répondre à sa famille, expliquant que son livre avançait à grands pas, surtout grâce à sa nouvelle assistante, qu'il rentrait bientôt, une fois le texte achevé.

Soraya avait plusieurs fois tenté de le joindre.

Alex avait pris la même peine à lui assurer qu'il se portait bien. Son exil, écrivait-il, prendrait fin bientôt, elle lui manquait, il embrassait son cul et ses cheveux. Soraya avait reparti de façon laconique, un peu froide, mais rien ne laissait penser qu'elle tenterait de débusquer son amant jusqu'ici.

— Charles, tu es là ? Ouvre, s'il te plaît.

Silence. Alex était coincée, elle ne pouvait plus éteindre le smartphone : la femme entendrait ses pas.

— Mais enfin, Charles, c'est stupide ! J'entends ta sonnerie. Laisse-moi entrer.

Les talons raclaient furieusement le parquet.

— Tu es avec quelqu'un, c'est ça ?... Espèce de salaud !

Puis elle s'en alla. Alex entendit ses talons descendre rageusement l'escalier. Marteler la cour intérieure. S'évanouir.

Elle resta un long moment sans bouger. C'était peut-être une ruse. Mais au bout de dix minutes, elle n'y tint plus. Elle marcha jusqu'à la table et regarda le nom affiché : « Soraya Salam ».

Alex tapa son nom sur un moteur de recherche. À la section « Images » apparurent des photos de l'étrangère aperçue par l'œilleton. C'était une journaliste littéraire.

Alex avait sans doute gagné quelque temps. Soraya s'en était allée en croyant que Berrier recevait une autre femme ; toute à sa colère, elle repartirait peut-être d'où elle était venue pour ne plus jamais revenir.

À tout point de vue, la disparition de la jeune femme simplifierait la vie d'Alex. Plus redoutable qu'un flic, une maîtresse jalouse l'obligerait à être constamment sur ses gardes. La présence de Léo, au moment où Berrier cesserait de fréquenter Soraya, éveillerait sa défiance. Elle n'imaginerait pas le pire, elle ne songerait pas que son amant était mort, mais qui sait jusqu'où la mèneraient ses soupçons ?

Il était douteux que Soraya, telle que l'avait dépeinte Charles Berrier, en magistrale emmerdeuse, quittât la bataille sur cette simple défaite. Déjà, Alex pressentait qu'une telle maîtresse ne laisserait rien au hasard. Elle préparerait l'assaut et livrerait une guerre sans merci. Elle deviendrait ainsi la meilleure coupable du meurtre de Charles Berrier.

5

Pauvre con

Alex décida de battre le fer tant qu'il était chaud. Un jour ou l'autre, ne voyant pas rentrer Charles Berrier, sa femme, son père, sa maîtresse, ses enfants, son éditeur, n'importe qui, finirait par prévenir la police. La première chose que ferait un flic, c'est de vérifier les mouvements de sa carte bleue et de borner ses appels. Alex le savait grâce à sa lecture assidue des faits divers. Aussi se fit-elle livrer des courses en grande quantité grâce à la carte bancaire de Charles Berrier. Elle s'imagina un enquêteur en train d'éplucher la liste des courses de l'écrivain. Il fallait qu'elle fût conforme à ce qu'il était. Elle acheta du champagne, du vin, du saumon, des chocolats – des mets évoquant le plaisir, la futilité. Soraya Salam croyait Charles avec une autre femme. Cela pouvait rendre son escapade plausible. Alex se promit de réfléchir à l'hypothèse de faire durer ce possible scénario.

Quand le livreur monta avec les cartons, Alex lui donna un bon pourboire de la part de « son patron,

Charles Berrier». Elle poussa le jeu jusqu'à crier en direction de la chambre fermée :

— Monsieur Berrier, c'est le livreur!

Elle esquissa un sourire d'excuses.

En buvant une bouteille de bourgogne à vingt-cinq euros qu'elle venait d'acheter, elle s'installa devant l'ordinateur de Berrier. Il n'avait rien posté depuis un certain temps. Depuis la publication de la photo pornographique, mais le site l'avait censurée au bout de quelques heures. Il fallait lui trouver quelque chose de nouveau à dire, poser les petits cailloux du scandale à venir.

Avec son portable, elle décida de photographier le lit avec la couverture en poil violette.

Elle opta pour une citation falsifiée de Rimbaud, que Berrier affectionnait, comme il le lui avait expliqué au cours de son séjour chez eux :

«Ô l'Oméga, rayon violet de Son Cul!»

À peine eut-elle posté le commentaire que le portable de l'écrivain recevait un texto. Soraya lui écrivait : «Pauvre con.»

Malgré elle, la sobriété du message fit rire Alex. Soraya, son visage nu et sa mèche blanche, le bruit furieux de ses pieds – tout en elle lui plaisait, jusqu'à son prénom qui la plongeait dans des rêveries multiples. Soraya. Sœur. Sororité.

Il ne fallait pas s'apitoyer, pas se laisser adoucir le cœur. Il en allait de l'existence de ses filles et d'Antoine. Ils avaient le droit, tous les trois, de mener une vie heureuse, préservée du tumulte du monde et des erreurs d'Alex.

Elle répondit à Soraya Salam un texto aussi

simple que celui qu'elle avait reçu : « Va te faire foutre. »

Puis elle attendit. L'insulte déclencherait-elle les foudres de la journaliste ? Ferait-elle montre de son style acéré, allait-elle l'agonir sous des torrents d'injures ? Ce serait autant de pierres dans son jardin, au moment où Alex mettrait en scène la mort alternative de Charles Berrier.

Rien ne vint. Le silence, l'écran noir. Obsédée, Alex fixait le téléphone. Plus les heures passaient, moins Alex parvenait à se concentrer. Berrier reçut un message de son fils, quelques mots pour lui rappeler de payer son stage de guitare, puis un texto de sa femme pour le tenir informé des progrès de la fissure au plafond de leur chambre.

Mais aucune réponse de Soraya.

L'incertitude la paralysait. Que ferait la maîtresse de Charles ? Reviendrait-elle le harceler dans sa garçonnière ? Adopterait-elle une posture digne et l'abandonnerait-elle à une autre ?

Dans la nuit, la réponse tomba : « C'est qui ? »

Alex ne dormait que d'un œil, elle entendit aussitôt la corne de brume. Elle tapa : « Tu ne la connais pas. » Cette fois, elle vit les trois points de suspension gris : Soraya composait sa réponse.

« Tu l'as rencontrée pendant ta retraite ? »

Comme Berrier dans tous les textos qu'Alex avait pu lire, Soraya écrivait des messages dans un français impeccable, avec une ponctuation soignée. Elle hésita sur la réponse à faire. Dire qu'il avait rencontré sa nouvelle maîtresse pendant sa trêve littéraire risquait d'attirer l'attention sur Petit-Mars, sur sa famille, sur elle.

Pendant ce temps-là, Soraya se mit à taper frénétiquement. Plusieurs messages, les uns après les autres :

« Elle est comment ? »

« Je la connais ? »

« Tu as terminé ton livre ? »

La dernière question intrigua Alex. Cette femme passait sans transition de sa rivale au roman en chantier. À moins qu'il n'y eût une transition, mais invisible pour Alex. Ce qui lui inspira ce nouveau mouvement :

« Il n'y a pas d'autre femme, Soraya. Pas d'autre femme au sens où tu l'entends. J'ai embauché une assistante personnelle : je lui dicte mon livre. Je reviendrai quand il sera fini. Car c'est tout ce qui importe, à la fin des fins. »

Un temps. Alex croyait entendre Soraya réfléchir de l'autre côté de l'écran. C'était étrange quand on y pensait : ce lien entre elles, si ténu, si fragile, qui pourtant semblait la seule chose importante de sa vie.

Puis Soraya répondit :

« Une nouvelle assistante personnelle. WTF ? »

Soraya embraya :

« Tu peux dire une poule, ça ira plus vite. »

Alex hésita entre la pédagogie (« J'avais besoin de débloquer mon imaginaire… ») ou un plus expéditif « Tu me fais chier ». Lequel lui clouerait le bec ? Lequel saurait davantage la convaincre ?

« Elle s'appelle Léo. Grâce à elle, j'en suis à la page 85. »

« Jolie ? »

« Non. Pas mon genre, en tout cas. »

Cette nuit-là, les échanges s'arrêtèrent de façon abrupte, sur ces derniers mots.

Pourvu qu'ils suffisent à embraser la colère de Soraya au point qu'elle voulût tuer l'écrivain !

6

Yves Delmain

Les textos et les messages vocaux affluaient de façon plus régulière sur le portable de Charles Berrier. Les Parisiens commençaient tranquillement à rentrer de vacances. Un message retint particulièrement l'attention d'Alex :

« Charles, rappelle-moi, j'ai reçu une proposition intéressante pour toi. Isabelle me dit que tu es encore en vadrouille pour terminer ton prochain bouquin mais j'imagine que tu as assez de réseau pour rappeler ton agent, à défaut de rappeler ton beau-père. »

Il éclatait ensuite d'un rire déplaisant.

Il fallait donc rappeler son agent, le père de sa femme.

Yves Delmain, un vieux beau – plus très beau, d'ailleurs, si l'on en croyait les plus récentes photos du Net – à la crinière blanche et aux yeux bleus, soixante et onze ans, était un agent littéraire célèbre. Et la clé de voûte de l'empire Berrier. Était-ce pour percer dans le milieu germanopratin que Charles

Berrier avait séduit et épousé la fille d'Yves Delmain ?

Alex tapa une réponse : « Perdu dans la brousse. N'en sortirai pas avant d'avoir terminé. Mais je t'envoie ma nouvelle assistante personnelle, Éléonore Delerme. Elle a toute ma confiance. »

Yves Delmain : « Ça sort d'où ? »

Charles Berrier : « D'une école de commerce. C'est une tueuse. »

Yves Delmain : « Donne-moi son portable. »

Alex récupéra le numéro du téléphone prépayé acheté à Nantes et qui serait désormais celui de Léo.

Peu après, elle reçut un appel du beau-père. Elle lutta contre le désir de le basculer sur messagerie. Elle tremblait en décrochant.

— Éléonore Delerme.

— Je n'ai jamais compris ce qu'était une "assistante personnelle" ? demanda Yves Delmain sans préambule. Ni pourquoi Charles en avait tant besoin.

— On pourrait penser que c'est un synonyme de "poule", au premier abord. Mais ce serait une erreur grossière dans laquelle un homme comme vous n'aimerait pas tomber. Disons plutôt "une dactylo" qui, en plus, ferait les courses.

À nouveau, Alex entendit résonner le rire déplaisant d'Yves Delmain. Mais il n'avait pas fini de lui faire passer le test d'aptitude :

— J'espère aussi que vous savez compter. On verra ça à mon bureau. Demain, dix heures trente ?

Alex en resta sans voix. Elle nota l'adresse, le digicode et raccrocha.

Mordre dans la chair de Berrier : ça y est, elle y était. Elle avait atteint le point où elle était acculée. Il n'y avait plus d'échappatoire, sinon de trouver le bon meurtrier et un mobile convaincant.

Elle envoya un texto du portable de Charles Berrier.

« J'ai appris que tu voyais mon assistante. Soigne-la, c'est une perle. »

Les palpitations, la chaleur qui irradiait son visage, la douleur intolérable au ventre revenaient. Si intolérable que son être entier avait trouvé refuge au fond de ses entrailles. Elle s'y recroquevillait, elle n'était plus que ce ventre noué. Elle avala un demi-Xanax dans la réserve de Charles Berrier. Puis un entier.

Elle se jeta sur les poils violets de la couverture et s'y roula en boule. Là, en apnée, elle attendit.

Où se trouvait Antoine en ce moment ? Elle l'imagina, errant à nouveau autour du square Raynouard. Perdu dans ses pensées. S'il persistait à vouloir la retrouver, il faudrait lui donner une explication pour le faire déguerpir. La vérité nue était exclue, elle pèserait trop lourd sur les épaules d'Antoine. Un mensonge plausible constituait la meilleure option. Mais lequel ?

Pour faire passer sa migraine, elle parcourut les livres de la bibliothèque. Charles Berrier aimait les objets, il n'était pas passé à la tablette numérique.

Il possédait aussi des CD et des DVD. Elle l'imagina en train de les observer, de les compter, de les caresser du bout des doigts.

Charles Berrier appréciait apparemment les histoires romanesques, celles qui avaient du souffle. Mais il avait aussi une prédilection pour la poésie. De façon plus générale, ses faveurs allaient aux auteurs de la fin du XIXe siècle, et à certains du XXe. À travers ces lectures, Alex découvrit un nouveau monde littéraire. Une nouvelle culture qu'elle n'avait pas. John Fante. Henry Miller. Charles Bukowski.

Charles Berrier adorait aussi les longues séries dont le héros était un mâle blanc, hétérosexuel et perdu. Il avait vu *Breaking Bad* et *Mad Men* plusieurs fois. Alex remarqua qu'il avait repris le visionnage des *Sopranos* chez eux. La veille de sa mort, il entamait la saison trois.

Une saison et demie plus tard, on fut le lendemain.

Elle répondit à quelques textos reçus par l'écrivain et elle posta un nouveau tweet sur les réseaux, où Charles Berrier vantait les jambes galbées d'une députée divers droite, s'émerveillant que même la pire des connes pût cacher sous sa robe des trésors insoupçonnés.

Alex avala cinq cafés pour se remettre d'aplomb. Elle devait garder une lucidité maximale afin de remplir au mieux ses deux objectifs : prétendre être une autre pour mieux observer Yves Delmain et voir s'il serait un bon candidat au meurtre.

7

À la découpe

L'agence d'Yves Delmain se trouvait au 43, rue Jacob, dans le sixième arrondissement. Alex crut qu'elle n'atteindrait pas l'adresse car l'hyperventilation menaçait de lui faire perdre connaissance. Elle se cachait pourtant derrière l'apparence d'une autre. Ses cheveux roux, sa minijupe rouge, son fond de teint couvrant son visage d'un masque. Elle se souvenait du conseil d'un des psys de l'hôpital, quand elle avait été internée : « *Fake it until you make it*. Fais semblant jusqu'à y arriver. »

Elle avait beau feindre d'être « Léo », son ventre contenait Alex tout entière.

Puis il fut l'heure et il n'y eut plus d'autre choix que de sonner. Sans bien s'expliquer pourquoi, elle évita l'ascenseur. Le beau-père de Charles Berrier l'attendait à l'étage :

— Alors quoi, vous en êtes, vous aussi ?

Elle le regarda sans comprendre.

— Il vous a recrutée dans un groupe de parole de claustromachins ?

Elle lui tendit la main.

— Éléonore Delerme. La nouvelle assistante de Charles. Peut-être folle mais pas de cette manière !

Yves Delmain la détailla. Les cheveux, la jupe, les escarpins. Était-ce un effet de son imagination mais il lui parut suspicieux. Il s'effaça toutefois pour la laisser entrer.

Elle traversa avec lui une ruche en ébullition, comprenant des juristes, des agents juniors et d'autres assistants comme elle, qu'on chargeait de tâches variées telles qu'envoyer des mails, expédier des copies de contrats ou aller chercher des cafés.

Le bureau d'Yves Delmain était vaste et lumineux. Un parquet de bois clair, un bureau transparent, un siège noir ergonomique. Un espace canapé et fauteuils pour recevoir les auteurs. Les manuscrits étaient si nombreux qu'ils formaient des cloisons au sein de ce vaste espace. Yves Delmain n'était pas entré dans l'ère numérique.

Il lui proposa à boire mais elle refusa. Elle avait peur de renverser son verre ou d'en recracher le contenu. Elle s'assit au fond du canapé et croisa les jambes.

Il l'observait toujours. Elle commença à se couvrir de sueur. Elle se demanda s'il pouvait le voir, à cette distance.

— Vous êtes au moins sa cinquième assistante, c'est dur de suivre, finit-il par lâcher.

Alex s'efforça d'adopter un ton désinvolte.

— Vous avez quelque chose contre les assistantes personnelles ?

— Non. Mais moi, j'appelle ça des maîtresses.

Yves Delmain rit. Il paraissait très satisfait de sa réponse.

— Monsieur Delmain, je m'occupe du prochain roman de Charles. Et des autres aussi. Si on pouvait revenir aux choses importantes…

Il haussa les épaules.

— Comme vous voulez. Allons-y alors !

— Je vous écoute.

— J'ai un producteur de télévision qui veut acheter les droits des *Marcheurs immobiles*. Il veut en faire une série pour les plateformes. Moi, j'y connais rien à ces nouveaux machins mais il propose une option sympa. Sept mille euros.

C'est à ce moment précis que Léo prit possession d'Alex.

— Bof.

— Quoi bof ? Sept mille euros sans bouger son cul de là où il est. Il est où, d'ailleurs ?

— Je ne peux pas le dire. Il reviendra quand il aura terminé son livre.

— Ça parle de quoi ? Moi, je dis que les gens veulent du rural, de l'authentique mais un peu plus solaire que ce qu'il nous pond d'habitude.

Malgré elle, Alex ressentit comme sienne l'humiliation de Charles Berrier. Elle voyait plus clair dans le jeu de son beau-père : quoiqu'il eût des manières plus vulgaires que l'écrivain, il venait d'un milieu huppé et avait pour son gendre cette bienveillante condescendance des gens bien nés.

— Non. Ça ne nous intéresse pas.

C'était sorti tout seul. Elle avait voulu se venger de l'affront fait à Berrier et à ses livres. Yves

Delmain saisit son téléphone comme s'il avait brandi une arme.

— J'appelle Charles. Excusez, mon petit, mais je ne l'ai jamais vu refuser de l'argent qui lui tombait tout cuit dans le bec.

— On a eu une meilleure idée ! Berrier ne va plus proposer de vendre ses droits en entier, il veut les vendre à la découpe.

Le beau-père reposa le portable sur la table. Elle avait capté son attention.

Ils furent interrompus par l'arrivée d'une gamine aux yeux bleus et aux cheveux noirs. Une lourde frange. Vingt ans et des poussières. Sans être jolie, elle avait une moue revêche assez intéressante. Yves Delmain fronça les sourcils puis se radoucit en la voyant :

— Manon, agente la plus junior de l'agence. Manon, je te présente l'assistante de Berrier. Comment vous vous appelez, déjà ?

— Éléonore Delerme. Mais on m'appelle Léo.

— Manon, écoute bien ce que cette femme vient nous dire.

Alex développa l'idée qui venait de jaillir :

— On ne vend pas la totalité d'un livre, on vend les personnages en pièces détachées. Tel personnage devient le héros d'une saga TF1, tel autre d'un drame familial pour France 2, tel autre encore d'un thriller pour Netflix ou Amazon.

— Brillant…

Alex put juger de son succès au regard froid que lui lança Manon.

— Comment vous est venue cette idée ?

— Ils le font déjà pour Agatha Christie. Toute une agence anglaise vit de ce commerce très lucratif. Et moi, je m'intéresse aux commerces lucratifs.

Le rire grinçant de Delmain retentit. La moue de la gamine devint presque une grimace. Puis elle se détendit brusquement et dit :

— OK, je marche ! C'est une putain de bonne idée !

La perspective de la manne financière l'emportait nettement chez la jeune femme sur les considérations sentimentales ou émotionnelles.

Yves Delmain composa un numéro.

— Charles ?

Alex avait laissé le téléphone de Berrier dans la garçonnière. Elle eut pourtant la crainte irraisonnée d'entendre soudain la voix de l'écrivain, au bout du fil.

— M'aurait étonné que tu répondes ! Bon, on est avec ta perle. Et votre idée – mais je soupçonne que c'est la sienne, vu ton sens des affaires désastreux ! –, on est très chauds avec Manon ! Bravo, fils. Rappelle-moi.

Puis il se tourna vers Manon :

— T'es hyper carrée sur les personnages de Berrier ?

— Comme ça. Sylvain Pinel, bien sûr. Paul Ardusson.

Puis la gamine commença à sécher.

— Et vous ? demanda Delmain.

Alex acquiesça. Il y avait Vincent Leloir, le comptable dont la fierté consistait, chaque année, à être inscrit dans le *Guinness Book* pour le nombre record de pinces à linge qu'il parvenait à accrocher sur son visage ; Anton Johannsen, son voisin Asperger ; Rajagopal, l'enfant bulle, celui qui n'avait rien vécu ; Djamila Lakhdar, l'avatar de Soraya Salam, et son frère Selim qui s'aimaient d'un amour charnel ; Aurore Moatti, un personnage caméléon. Un être susceptible de se fondre dans le décor, de se transformer à volonté et de n'être, au fond, que le reflet du monde qu'elle habitait, sans doute inspirée de sa femme mais qu'Alex voyait comme une prémonition d'elle-même. Cette extraordinaire capacité d'adaptation était louée par l'auteur en tant que puissance créatrice. Mais il s'interrogeait aussi sur son essence : une fois ôtés ses multiples masques, lui restait-il seulement un visage ? Existait-elle en dehors des enveloppes dont elle se couvrait ?

Il y avait aussi ce personnage qui l'avait toujours intriguée, Martin Rabier. Sa profession : vendeur de cheveux. Il ne s'agissait pas d'une licence littéraire mais bien d'un métier réel, pratiqué par quelques rares initiés dans le monde. Ces hommes achetaient des cheveux dans des pays où, contrairement à la France, leur commerce est autorisé, afin de les revendre à l'industrie cosmétique. Les cheveux les plus chers étaient ceux des Africains car, crépus et cassants, ils étaient rares et fragiles. Si Martin Rabier restait pour Alex un mystère, c'est que, contrairement à tous les autres personnages des livres de Charles Berrier, il n'avait aucune facette lumineuse. Aucune rédemption, aucun rachat – Rabier faisait le mal autour de lui. Il haïssait particulièrement les femmes. Pourtant, l'auteur lui avait indéniablement prêté ses propres traits. Son allure et ses goûts. Martin Rabier était, en un mot, son double maléfique.

À force de vivre seule avec eux, Alex les connaissait intimement. Elle savait leurs moindres habitudes, leurs petites manies, leurs intonations. Les blancs que Berrier n'avait pas remplis, elle les comblait elle-même.

— Vous avez réfléchi à des prix par personnage ? Comment peut-on fixer leur valeur ?

La question cueillit Alex à froid. L'interrogation, pour légitime qu'elle fût, était un crève-cœur. Elle sentait que Berrier avait voué à Paul Ardusson une affection particulière. Mais elle aimait Aurore.

— Ils valent ce que le plus offrant voudra bien payer, trancha Manon.

Tous s'accordèrent sur cette parole de bon sens. Avant de se séparer, ils convinrent de rester en contact étroit.

Alors qu'elle s'éloignait dans le couloir, elle entendit Yves Delmain et Manon.

— Tu crois que c'est la nouvelle maîtresse de Charles ?

Delmain rit :

— Ça risque pas !

Elle se demanda ce qui le rendait si péremptoire.

Elle se retrouva dans la rue. Sonnée. Vendre les personnages à la découpe ne lui était jamais venu à l'idée. Seule une intervention magique pouvait l'expliquer. Le personnage qu'elle avait créé était devenu autonome, l'espace d'une heure. Comme Pinocchio devient un vrai petit garçon, Léo s'était incarnée et avait parlé par sa bouche. Elle avait pris le contrôle de son cerveau et y avait fait germer cette idée mercantile qui ne lui ressemblait pas mais était typique de la petite Léo.

Comme Aurore Moatti, Alex se découvrait multiple. Habitée par d'autres femmes, d'autres hommes possibles.

Le cours de ses pensées s'interrompit brusquement.

Antoine marchait droit sur elle.

8

Une femme sans artifice

Antoine l'attrapa par le bras, la secoua. Alex regarda à droite, à gauche, pour voir si personne ne les observait.

— Lâche-moi, s'il te plaît. Je vais tout t'expliquer.

— C'est quoi ces cheveux, ces vêtements ?

Il refusait de la libérer. Ses yeux brillaient d'une colère qu'elle ne lui connaissait pas. Elle supplia :

— Je t'en prie, Antoine. On ne doit pas nous voir ensemble.

Elle crut qu'il allait lever la main sur elle.

— Tu te fous vraiment de ma gueule ! Tu as honte ?

Elle essaya de retrouver ses esprits. Le comportement d'Antoine prouvait au moins une chose : il ignorait qu'elle avait assassiné Charles Berrier. Lui qui était toujours si posé et doux, la douleur lui faisait perdre tout contrôle.

De sa main libre, elle caressa la sienne :

— Viens. Partons d'ici.

Il finit par accepter de s'éloigner. Ils marchèrent

le long des rues et rejoignirent les quais. Ils descendirent sur les berges.

Là, Antoine laissa libre cours à sa rancœur.

— Que tu te le tapes, ça me casse en deux mais je comprends ! Mais que tu te barres avec ton amant sans rien m'expliquer, là, je te trouve en dessous de tout ! Et tes filles, tu y penses ? Je leur dis quoi, moi, "Non, votre mère baise un type célèbre, elle reviendra quand elle en aura sa claque" ?

Il haussait le ton, Alex finit par l'arrêter :

— Tu te plantes sur toute la ligne. Je ne couche pas avec Charles Berrier.

— Tu me prends pour un con, en plus ! Tu crois que je n'ai pas vu votre petit manège. Berrier s'en va, sans me dire au revoir. Et toi, tu t'évapores un jour plus tard. Le hasard du calendrier ?

— Non, c'est vrai, ce n'est pas le hasard.

— Je m'en doute ! Et tu crois que je ne l'ai pas vu te regarder ? Il te dévorait des yeux. Et toi qui minaudais, qui jouais les saintes-nitouches, les filles pas intéressées !

Il tremblait de fureur. Prise au dépourvu, elle ne savait qu'opposer à ses hypothèses. Après tout, c'était peut-être une bonne façon d'éloigner Antoine. Mais pour peser le pour et le contre, il lui eût fallu un peu de calme, et la tempête ne faisait pas mine de retomber :

— Et tu sais ce qui me blesse le plus ? C'est que j'ai eu peur pour toi ! J'ai cru qu'il t'était arrivé quelque chose. Je me suis même demandé s'il ne t'avait pas fait du mal ! Et toi, pendant ce temps-là, tu t'envoies en l'air avec ce connard prétentieux !

Antoine était d'autant plus blessé qu'il avait apprécié Charles Berrier et avait cru être apprécié de lui.

— Il m'a fait du mal, lâcha-t-elle.

Antoine se tut brusquement et la regarda. Ses yeux redevinrent bleus.

— Comment ça ?

— Le soir de mon anniversaire, quand tu t'es endormi, il a essayé d'abuser de moi.

— Et il t'a…

Il ne termina pas sa phrase. Apparemment, l'idée lui était trop pénible.

— Non, mais il a essayé. Je l'ai repoussé. C'est pour ça qu'il a filé sans demander son reste.

Antoine ne disait rien. L'hypothèse se tenait. Puis les soupçons qu'il avait dû remâcher pendant deux jours prirent le dessus :

— Alors explique-moi ce que tu fous devant chez son agent ? Explique-moi pourquoi tu as changé de tête. C'est quoi cette tenue ? Qu'est-ce que tu fous, Alex ?

Il la scrutait désormais d'un air tout différent. Il était clairement en train de s'interroger sur sa santé mentale. Il se demandait si elle avait replongé, si ses vieux démons l'avaient rattrapée, comme une malédiction qui la frapperait tous les vingt ans et emporterait brusquement sa raison.

Elle hésita un instant à lui faire croire qu'elle avait perdu la tête, ce qui permettrait d'expliquer son comportement étrange à peu de frais. Mais cela comportait un risque : inquiet pour elle, Antoine pourrait chercher à la ramener à la maison ou, pire, à la faire interner de force pour la protéger d'elle-même. Elle résolut de ne pas tenter le diable.

— Je ne voulais pas t'en parler pour que tu ne t'inquiètes pas. Mais j'ai rencontré une autre femme à qui c'est arrivé. Je voudrais essayer de trouver d'autres témoins et de porter plainte.

— Pourquoi tu te déguises ?

— Pour pouvoir entrer dans son monde et m'approcher des gens qu'il côtoie, notamment au boulot, sans qu'une de ses connaissances puisse me décrire.

Antoine mit plusieurs heures à se laisser persuader qu'Alex ne risquait rien, ne lui mentait pas, ne souffrait pas d'un accès de démence.

Mais en elle, Léo prit la parole ; elle fut convaincante, elle expliqua que, mère de deux filles, elle ne vivrait pas dans un monde où des types comme ça peuvent harceler les femmes sans que cela portât jamais à conséquence. Elle parla de réparation, de combat intime, qu'elle seule devait mener.

Alex le supplia de patienter jusqu'au 1er octobre. Il devait lui faire confiance. Le 2, elle serait rentrée à la maison. Alex ne prendrait aucun risque inconsidéré, elle chercherait juste d'autres victimes afin que sa parole eût plus de poids.

Antoine finit par se résigner. Il la prit dans ses bras, la serra fort contre lui et ils s'embrassèrent comme ils ne s'étaient plus embrassés depuis qu'ils avaient vingt ans.

Puis il disparut dans la lumière de la ville.

Une fois à l'appartement, Alex se sentit épuisée.

— Qu'est-ce que tu en dis ?

— Bien joué.

Cela faisait déjà un ou deux jours qu'elle avait commencé à discuter avec Charles Berrier. C'était venu naturellement. À force de s'asseoir à sa table et de dormir dans son lit, la familiarité entre elle et l'écrivain augmentait. Et la solitude creusait en elle des trous que ce compagnon imaginaire venait combler. Alex commentait ses goûts, lui lançait des piques sur ses choix musicaux. Peu à peu, il devint son confident. Son seul ami : l'homme qui avait tenté de la violer et qu'elle avait tué. L'ironie de la chose ne lui échappait pas mais, en étudiant l'homme derrière l'écrivain, elle se mit à avoir pour lui des sentiments complexes, un mélange de haine, d'admiration, de mépris et de pitié.

— Tu aurais dû faire des affaires, tu as un talent pour ça, disait Charles.

— Mais moi aussi, je voulais être un grand auteur. Non seulement je n'ai pas réussi mais j'ai fini en HP.

— Comme Nerval, répondait Charles. Les chimères. Les personnages du rêve et ceux de la vie sont indistincts. Comme le jour et la nuit. Le blanc et le noir. Tu te souviens ? "Ne m'attends pas ce soir. La nuit sera noire et blanche."

La nuit fut surtout noire pour Alex, qui s'assoupit comme une masse au milieu d'une phrase. Elle était si épuisée qu'elle dormit plus de douze heures d'affilée.

Elle se réveilla à neuf heures, enroulée dans le plaid violet.

Une demi-heure plus tard, Yves Delmain l'appelait. Pour démarrer la découpe, ils avaient besoin d'elle. Il fallait dresser une cartographie précise des livres et de leurs habitants, en prenant soin de n'en laisser échapper aucun. Qui pouvait jurer qu'un personnage secondaire de Charles Berrier n'allait pas susciter l'intérêt d'un producteur ?

Avant de quitter le studio, elle posta sur les réseaux une photo de Brigitte Bardot dans *Et Dieu créa la femme* accompagnée de la légende : « Heureuses les simples d'esprit, car elles nous appartiennent. »

Le dépeçage des romans eut lieu dans le très chic sixième arrondissement. Manon avait préparé un tableau blanc où Alex eut la charge d'inscrire les personnages, le roman où ils apparaissaient et les traits majeurs permettant de les caractériser. À partir de là, il faudrait rédiger un argumentaire de vente. Mettre les héros de Berrier en perspective, montrer le conflit qui les agitait et pourrait servir de fil directeur à une série télévisée.

Durant ces heures de travail, Alex se fondit progressivement dans le décor. Elle observait les proches de Berrier autant qu'ils l'observaient. D'après les autres bruits de couloir qu'elle put collecter, il apparaissait que Charles Berrier aimait les femmes sans artifice. C'était beaucoup plus saugrenu qu'on eût pu le croire. Il ne regardait que les visages complètement nus, sans maquillage, il n'aimait que les cheveux non teints, même gris, même blancs. Il adulait celles qui ne portaient pas de masque, celles qui jouaient le jeu du temps sans tricher. Léo Delerme ne pouvait pas lui plaire. Pour l'heure, cela servait ses plans. Elle pouvait contempler les autres sans qu'ils lui prêtassent une attention trop soutenue. Ainsi collectait-elle des informations précieuses sur le mort afin qu'il la conduisît à son futur assassin.

Les relations d'Yves Delmain et de Manon Lioret la plongeaient dans une certaine perplexité. Comment cette fille jeune et charmante pouvait-elle sortir avec un type de cet âge ? Couchaient-ils ensemble ? Il essayait souvent de le faire croire, sans doute trop. Mais ce qui la fascinait encore davantage, c'était leur compulsion à se filmer. Il captait de petites séquences sur son téléphone portable, d'étranges moments d'une intimité faussement volée et réellement mise en scène. Des moments où Manon lisait sur son lit, à moitié nue, des moments où elle faisait un doigt d'honneur à la caméra. La voix de Delmain accompagnait ses pastilles. Elle paraissait ce qu'elle était : la voix d'un vieillard. Ces moments pathétiques exposés à la face du monde n'étaient regardés par personne, ou presque. Vingt vues, vingt-cinq pour certaines vidéos. Pourtant, Delmain les postait inlassablement. Eût-il été boucher ou enseignant, on se fût offusqué de leurs cinquante ans de différence. Mais il était un personnage public, cela devait suffire.

Quant à la petite, elle n'avait pas l'air fragile,

loin de là. Mais qui pouvait dire quelles pensées étranges s'agitaient sous la frange noire qui lui descendait sur les yeux ?

— Je pense que ton beau-père n'aurait pas pu te tuer.

— En effet, rit Charles. Je ne compte pas assez pour qu'il se donne cette peine.

— Et tu lui rapportes beaucoup. Il n'est pas assez stupide pour supprimer sa poule aux œufs d'or.

— Comme tu l'as vu, c'est une âme plus pragmatique que passionnée.

— Sauf si tu lui avais volé Manon.

— Mon beau-père est un monstre à sang-froid. Même vendre sa copine, il l'accepterait, si on y mettait le juste prix.

— Ils auraient œuvré à deux. Lui, la technique implacable ; elle, le coup de sang. Leur duo plairait aux médias. L'alliance du vieillard et de la jeune fille. Un couple terrible et fascinant. Ils auraient tué Charles Berrier pour accomplir quelque rite satanique à la Charles Manson.

— Trop américain, estima Berrier. Nos monstres, c'est Émile Louis et Michel Fourniret. Des types à moitié idiots avec des mobiles élémentaires.

Avec Yves Delmain et Manon, Alex découvrit un monde où l'on a sa table au Ritz et où l'on peut se dispenser des bonnes manières. Ce midi-là, ils s'y rendirent pour fêter l'idée miraculeuse de Léo. Yves Delmain commanda une bouteille de saint-joseph et un filet de lieu jaune. Alex s'étonna qu'il ne prît pas du vin blanc avec son poisson mais ce devait être un automatisme de plouc. Elle n'osa pas prendre d'entrecôte, elle opta pour le lieu également. Elle refusa de boire du vin. Elle voulait rester en pleine possession de ses moyens. Pas question de baisser la garde. Elle ne devait pas dévoiler Alex sous le masque de Léo. À table, il s'en serait fallu de peu pour qu'Alex se sente aucune obligation de faire la conversation. Le silence ne l'avait jamais gênée. Elle pouvait rester en face d'un interlocuteur, à le regarder dans les yeux, sans ressentir le besoin de meubler par des phrases.

La France est un pays où boire est un impératif moral catégorique. Yves Delmain insista tant qu'elle fut contrainte d'accepter un verre. Elle le fit traîner, y trempa les lèvres sans avaler, terrifiée à l'idée de perdre le contrôle. L'insistance de Delmain frôlait le harcèlement.

— Je connais mon Charles, il ne ferait jamais confiance à quelqu'un qui ne lève pas le coude.

Alex se demanda s'il le pensait ou non. Il semblait sérieux. Elle dut jurer qu'elle se saoulait comme un Polonais, mais uniquement le soir. Pourtant, elle aurait tout donné pour avaler le saint-joseph d'un trait. Alex adorait à la fois le vin et l'ivresse.

Elle se rattrapa le soir.

Elle rentra à la garçonnière vers dix-neuf heures. En refermant la porte, elle sentit une montée d'angoisse. Elle l'avait prise par surprise et Alex mit quelques instants à en comprendre l'origine. C'était l'absence. Ici, personne ne l'attendait. Personne ne se réjouissait de son arrivée, personne ne l'accueillait d'un sourire, personne ne se jetait dans ses bras. La présence physique de ses filles lui manquait. Leurs baisers et leurs caresses, qui parfois l'étouffaient, lui paraissaient aujourd'hui infiniment précieux. Comme toujours, on ne sent le prix et le poids des choses qu'en les perdant. Une main glissée dans la sienne, un corps serré à l'étouffer, tout cela lui faisait ressentir une solitude extrême.

Et pourtant, elle tenait toujours debout. Elle continuait à marcher, à respirer, à lutter pour sa survie et celle des siens. Elle se sentait prête à distribuer des coups. À se battre. Elle avait cru à un effondrement, elle se découvrait plus forte, plus solide qu'elle l'avait anticipé. Elle avait mal, mais elle était vivante.

Pour estomper la mélancolie et le sentiment de manque, pour couvrir le silence de l'appartement où ne résonnaient nulle part les cris, les disputes ou les rires de ses filles, où nulle part n'était perceptible le parfum d'Antoine, elle se servit un verre de pauillac, puis deux. Au quatrième verre, elle alla chercher dans la glacière l'index de Charles Berrier pour ouvrir son téléphone. Il était devenu comme un talisman : au début, elle avait eu de la répulsion pour le morceau de chair. Aujourd'hui, elle le considérait comme une sorte de *lucky charm*.

Elle vérifia ses messages, y répondit par textos. Toujours pas de nouvelles de Soraya Salam. Les derniers posts de Charles Berrier recevaient de nombreux like de ses camarades masculins, une réaction agacée d'une amie, guère plus. On était bien loin du scandale.

— Je me demande jusqu'où tu peux aller pour susciter une vraie colère.

— Dans l'ère du clash permanent, tu vas devoir faire plus d'efforts.

— La violence, ce n'est pas trop dans ma nature.

— Tu te trompes.

— Pour toi, c'est différent : je me suis juste défendue.

— Un coup aurait suffi.

Alex reçut sa deuxième visite le quatorzième jour à peu près.

9

De l'amitié

Alex travaillait depuis une semaine avec Delmain et Manon. Ce soir-là, elle rentra particulièrement tard. Il devait être plus de vingt et une heures quand on sonna à la porte. Elle se figea. Elle pensa que Soraya tentait à nouveau sa chance. La maîtresse de Charles était restée ces derniers jours étrangement silencieuse, et Alex commençait à se demander si elle avait renoncé ou si elle tramait quelque chose.

Décidée à ne pas reproduire son erreur initiale, elle réfréna son désir de marcher jusqu'à la porte afin que la maîtresse de Charles Berrier ne l'entendît pas. Mais à sa grande stupeur, la clé joua dans la serrure. Et la porte s'ouvrit.

Alex crut que son cœur allait cesser de battre. Elle se retrouva en face de Franck Legrand et d'une femme inconnue. Sa peur l'empêcha d'abord d'analyser ce qu'elle voyait. Dans le moment de sidération qui suivit, elle s'aperçut que Franck Legrand était tout aussi pétrifié qu'elle.

— Qui êtes-vous ? lui demanda-t-il.

Léo vint à la rescousse d'Alex. Au lieu de céder à la panique, elle contre-attaqua :

— Et vous ? Qu'est-ce que vous faites ici ?

C'est alors qu'elle les vit vraiment. Franck, vêtu d'un pantalon de flanelle et d'une chemise mal repassée, sa calvitie, son teint rougeaud, celui d'un type qui avait dû commencer à boire dès le matin. Et la fille, avec sa robe rouge moulante, son maquillage, ses formes beaucoup trop marquées pour qu'elle appartînt au monde habituel des Berrier.

Franck Legrand comptait utiliser la garçonnière de son ami Charles pour y jeter la fille en rouge sur le tapis de poils.

— Je suis la nouvelle assistante de Charles. Il ne vous a pas parlé de moi ? C'est bizarre. Parce que moi, il m'a beaucoup parlé de vous, Franck. D'ailleurs, il m'a dit qu'il vous préviendrait qu'il m'avait prêté l'appartement le temps que je me trouve un pied-à-terre à Paris.

Franck Legrand la regardait d'un air éberlué.

— Je ne savais pas, je suis désolé.

Elle lui tendit la main.

— Éléonore Delerme. On m'appelle Léo.

Franck lui tendit la main à son tour. Il semblait déconcerté par son assurance. Et peut-être un peu sensible aux couleurs criardes de sa tenue et de ses cheveux. Alex tendit la main à la femme aux formes voluptueuses. Mais celle-ci balbutia et n'osa pas prononcer son nom. Alex en conclut qu'il s'agissait d'une pute. Il n'y avait donc rien à craindre de ce côté-là.

Quant à Franck, elle s'efforça de se le mettre

dans la poche en lançant quelques anecdotes que Charles Berrier lui avait racontées.

— Il est où ? finit par demander Franck.

— Je ne peux pas le dire exactement. Il veut terminer son livre en paix.

Franck la regarda d'un air dubitatif. Un instant, elle craignit qu'il l'eût percée à jour.

— Il se cache de Soraya, pas vrai ?

Alex feignit d'être troublée :

— Je ne m'occupe pas de sa vie privée. Mais je crois que ça n'a rien à voir.

Franck tenait une piste, il était bien décidé à ne pas lâcher.

— Je le connais, le bougre. Il fait toujours ça quand il a une nouvelle femme dans sa vie. Au lieu de rompre avec celle d'avant, il disparaît. Jusqu'à ce que l'autre se lasse.

Alex hocha la tête.

— Je sais, dit-elle. J'avais compris.

— Mais Soraya n'est pas du genre à se laisser faire. Elle n'abandonnera pas sans lui avoir parlé les yeux dans les yeux.

Alex haussa les épaules.

— Peut-être que ça n'a rien à voir avec elle ; en tout cas, je peux vous assurer qu'il écrit son roman.

Franck Legrand hocha vaguement la tête. Comme s'il venait de prendre conscience de la présence de la femme, à côté de lui, il balbutia une excuse et disparut.

Le cœur battant, Alex partit s'allonger sur le lit. Elle s'efforça de retrouver une respiration normale.

Elle prit sur elle de patienter encore une heure avant d'envoyer un texto à Franck du portable de Charles Berrier.

« Alors, vieux, tu amènes des putes dans ma turne ? »

La réponse se fit attendre. Peut-être que Franck Legrand avait mieux à faire. Pendant ce temps, Alex sentit monter l'angoisse. Et si elle s'était adressée à Franck de façon trop abrupte ? Elle avait pourtant l'impression, à lire leurs différents mails ou leurs différents textos, que les deux hommes communiquaient exclusivement sur ce registre. De la vanne passive agressive.

Une heure plus tard, Franck répondit :

« Et toi, mon pote, tu te tapes ton assistante ? »

Alex eut un moment d'hésitation. Devait-elle sauter à pieds joints dans cette rumeur ou au contraire tenter de la repousser ? De façon générale, plus elle entrait dans le cercle des intimes de Charles Berrier, plus elle constatait que sa vie était tissée de multiples rumeurs. Il semblait les faire vivre, leur donner corps, constituer pour les fantasmes des autres un terreau fertile. On disait beaucoup de choses sur lui, certaines étaient peut-être vraies, mais il était impossible de le savoir.

Franck Legrand fut plus rapide qu'elle :

« Qui ne dit mot consent. »

Puis, dans la foulée :

« Un Charles Berrier qui a le sifflet coupé, c'est un Charles Berrier amoureux. »

Cette fois, Alex parvint à interrompre la verve de l'ami Franck :

« Ne le dis à personne. »

« Tu me dois au moins une bière pour me raconter ça ! »

« *Deal.* Mais pour l'instant, profil bas et littérature. »

Franck Legrand lui envoya un pouce levé.

L'ami Franck. Le faire-valoir. Le con du dîner de cons. Aurait-il pu tuer son ami par jalousie, pour se débarrasser d'un rival qui aspirait toute la lumière autour de lui ?

10

Le livre inachevé

Cette nuit-là, incapable de dormir, Alex entreprit de lire le roman inachevé de Charles Berrier. Elle put même en examiner plusieurs versions, car l'écrivain avait enregistré trois étapes de son livre. Dans les deux premières, Alex n'était pas le modèle de l'héroïne. Celle-ci était blonde à la peau très pâle, couverte de taches de rousseur, très pulpeuse. La troisième était datée d'août 2018. C'était dans celle-là qu'Alex était devenue le personnage principal de l'œuvre. Il était troublant, et très désagréable, de sentir que l'on avait été ainsi observée, disséquée, mise à nu. Elle aurait pu croire qu'il y aurait dans l'expérience quelque chose d'un peu grisant. Un rêve narcissique. Mais c'était tout l'inverse. Au lieu de la sublimer, le récit la plongeait dans la boue, au sens propre. Il la dévoilait, dans toute son humanité misérable.

— C'est monstrueux de piller l'existence des autres, dit-elle à Charles.

— Entre la délicatesse et la littérature, j'ai choisi mon camp, répondit-il. Contrairement à toi.

Malgré sa répugnance à le faire, elle comprit très vite qu'il allait falloir poursuivre l'œuvre inachevée. Comment expliquer que Charles Berrier était toujours vivant, qu'il se dissimulait pour écrire, si le roman n'avançait pas ? Peut-être serait-ce aussi un moyen de gagner de l'argent. Les comptes seraient bientôt à sec. Avec quelques chapitres, elle pouvait espérer recevoir une avance. C'est ce qu'elle entreprit en envoyant un message du téléphone de Charles Berrier. Elle priait son éditeur, Sébastien Lamougie, de bien vouloir rallonger l'avance s'il était satisfait. Ce dernier acquiesça, à condition de recevoir au moins un tiers du manuscrit.

Stimulée par la facilité avec laquelle elle avait obtenu ce qu'elle demandait, elle se mit à l'ouvrage, lut et relut le manuscrit inachevé pour s'imprégner des lieux et des personnages.

Charles Berrier avait décrit sa maison, son champ, sa mare, mais il voyait le domaine à sa façon. Celle d'un étranger. Elle s'efforça de restituer cette distance. Mais elle n'y arrivait pas. Elle avait l'impression de se trahir elle-même et de trahir les siens. Pour les personnages, évidemment, c'était encore pire. Elle comprenait, elle sentait où il voulait en venir. Il voulait écrire un Jekyll et Hyde féminin, au milieu des cochons. Un instant, Alex fut saisie d'un léger vertige en se disant que Léo était peut-être son Jekyll, ou son Hyde. Difficile de dire, entre elles deux, laquelle était la bonne version de l'autre.

L'homme qui observait Fred de sa fenêtre était chasseur. C'était une sorte d'aventurier, un type étrange, un jouisseur. Il écrivait des récits de voyage mais vouait une passion aux armes et aux chiens de chasse. Il avait une large balafre sur le front, fruit d'une bagarre lors d'une sortie de bar. Il souffrait de polyaddictions au cul, à diverses drogues et au whisky.

« Je la vois souvent, et, à la jumelle, je peux l'observer plus à loisir. Je distingue mal les traits de son visage à cause de la lumière d'août qui obscurcit l'intérieur de sa maison. Mais je la vois aller et venir, sans but apparent, je la vois se coiffer devant sa glace en plein après-midi. Je pourrais passer des heures rien qu'à la regarder pendant qu'elle se peigne, voir le peigne tirer sur ses boucles, qui se tendent et se détendent, reviennent friser dans son cou.

Des activités de fille, avec elle, deviennent haletantes comme un film de guerre.

Chaque détail nourrit le vide de ma vie, chaque détail m'emplit à ras bord.

Et une nuit, je la vois, un grand couteau à viande dans la main gauche, sortir de la ferme. Elle marche droit vers la porcherie où les cochons dorment. À la faveur de l'obscurité, je la regarde se planter devant eux.

Puis la lame éclaire la nuit. Un hurlement inhumain.

Et c'est tout. »

Elle travailla deux jours de suite. Elle ajouta quarante pages à celles qui existaient déjà. Elle les parcourut rapidement et s'en trouva étonnamment satisfaite. Si les phrases étaient moins fluides, les sentiments lui semblaient plus sincères.

Son imagination, qu'en temps normal elle était incapable de contrôler, était canalisée par le récit entamé par Charles Berrier. C'est son point de vue et son style qu'elle s'efforçait de recréer. Et elle le faisait bien. Au fond, Alex avait un talent de nègre. Elle ne parvenait pas à s'exprimer pour elle-même mais excellait à le faire sous la plume de Berrier. Elle était devenue *ghost writer*, «écrivain fantôme».

Une fois les pages relues, elle se rendit chez l'éditeur de Charles Berrier.

11

L'éditeur

On devait être le 3 septembre, il faisait beau. Alex prit le métro jusqu'à la station Rue-du-Bac. De là, elle marcha jusqu'au bureau de l'éditeur. C'était étrange de penser combien ces lieux l'avaient fait rêver, vingt ans plus tôt. Aujourd'hui, elle était nerveuse : Sébastien Lamougie s'apercevrait-il que Charles Berrier n'avait pas écrit les dernières lignes du manuscrit ou Alex était-elle parvenue à se fondre si parfaitement dans l'univers de l'écrivain qu'il n'y verrait que du feu ?

Elle poussa la porte en bois clair et monta les quelques marches qui séparaient l'entrée de l'accueil. Jamais elle n'aurait osé, pour présenter son propre manuscrit, franchir ce seuil sacré de l'édition. Elle aurait eu trop peur d'être éconduite. Trop peur de l'humiliation, de l'inconnu. Des bribes de fictions envahissaient son esprit malgré elle. La femme cerbère, à l'entrée, la jetant dehors. Le portier posant sur elle un regard qui la pétrifiait.

Dans la réalité, elle fut accueillie par deux femmes souriantes. Elle demanda à parler à Sébastien

Lamougie, de la part de Charles Berrier. Le message fut transmis et on la pria d'attendre.

Tandis qu'elle patientait, elle examina les photos qui tapissaient le mur. Celle de Charles Berrier était en évidence. Le visage de l'écrivain éclipsait même tous les autres. Sa barbe rousse à la couleur flamboyante, ses cheveux bouclés, sa lavallière rouge. Alex se surprit à penser que cet homme public, faussement offert au regard, n'appartenait plus qu'à elle. Elle en ressentit une fierté fugace, rapidement suivie de remords. Entre l'écrivain célèbre et le salaud privé, il y avait un gouffre. Mais en tuant le salaud, elle avait aussi privé le monde d'un inestimable talent. Qui sait combien de chefs-d'œuvre il aurait encore écrits ? Et qui peut dire l'empreinte d'un chef-d'œuvre sur la marche du monde ? Sur un plan cosmique, son erreur devait être réparée. Terminer le livre serait peut-être un premier pas vers cette réparation.

Elle n'eut guère le temps de poursuivre ses réflexions. Sébastien Lamougie se présenta. Apparemment, on ne faisait attendre ni Charles Berrier ni même son assistante personnelle. L'éditeur semblait être un homme de bonne famille. La quarantaine, svelte. Un jean, surmonté d'une chemise blanche et d'une veste bleu marine. Les cheveux poivre et sel coupés court. La prestance d'un garçon élevé à Saint-Germain-des-Prés.

— Charles m'a prévenu de votre visite, dit-il avec un sourire aimable.

— Ah, il vous a appelé ?

Sébastien Lamougie était en train de grimper

l'escalier minuscule. Il n'avait pas emprunté l'ascenseur, soit qu'il fût également claustrophobe, soit qu'il attribuât inconsciemment à Alex la même phobie que celle de son patron.

— Il m'a juste envoyé des textos, dit-il.

À part son emploi du pluriel, un mensonge bien véniel, il disait la vérité : Alex lui avait envoyé un texto du téléphone de Charles Berrier. Mais elle vit qu'il avait failli extrapoler et prétendre que Charles Berrier lui avait téléphoné. Elle garda cet élément dans un coin de son esprit, pour y réfléchir plus tard.

Sébastien Lamougie la reçut dans un bureau exigu du troisième étage. Les locaux des éditions étaient bien moins luxueux que les bureaux du célèbre agent littéraire Yves Delmain.

— Alors, demanda l'éditeur, comment se porte le grand homme ? Et où est-il d'abord ?

— Je ne sais pas exactement. À ce qu'il m'a laissé entendre, il a séjourné un peu en Normandie avant de rejoindre une femme vers Fontainebleau. Mais comment savoir si c'est vrai ?

— Il rentre bientôt ?

— Je crois. En tout cas, il sera là le 1er octobre. Pour l'atelier d'écriture.

— Il a intérêt ! Est-ce que son livre avance comme il veut ?

— Il dit que la nouvelle méthode l'aide beaucoup. Il écrit des brouillons, qu'il m'envoie sans les relire. Il les rédige d'une traite, sans souci de rien. Je corrige les fautes et je mets un peu d'ordre.

Sébastien Lamougie se montra très enthousiaste.

Ce mode opératoire éviterait à Charles Berrier ses douloureuses tergiversations, ses retards, sa manie de commencer dix textes en même temps et de ne jamais en terminer aucun.

— Chaque fois, c'est le même refrain : Charles démarre bien, il est enthousiaste, et puis il arrête au bout de quelques chapitres, quelquefois même au bout de plusieurs centaines de pages. Il prétend avoir trouvé une histoire plus grandiose, des personnages plus extraordinaires.

À force d'entendre parler Sébastien Lamougie, Alex comprit que Charles Berrier s'était pris pour modèle lorsqu'il avait dépeint l'architecte incapable de terminer les travaux qu'il entreprenait.

Rapidement, l'éditeur entra dans le vif du sujet :

— Je suppose que Charles a besoin d'argent.

En échange du manuscrit, Lamougie s'engagea à verser vingt mille euros supplémentaires sur le compte de Charles Berrier.

— Il faudra aussi qu'on parle un peu marketing. On va cibler la publicité. Avec les données qu'on a, on paie moins cher, en envoyant aux bonnes personnes.

Alex n'avait rien compris, mais l'éditeur semblait satisfait, il fallait donc qu'elle le fût également. Elle sourit largement :

— Je suis exactement sur la même longueur d'onde que vous. Et d'ailleurs, je voulais vous parler d'une idée que j'ai eue. Il s'agirait de vendre les personnages de Charles à la découpe…

Quand elle eut fini d'exposer son idée, Sébastien Lamougie lui serra la main avec enthousiasme :

— Intéressant. D'ailleurs, si vous voulez, on pourrait se faire un petit brainstorming pour booster les ventes de Charles. On pourrait dîner pour en parler… Éléonore, c'est ça ?

— Léo.

— Léo.

Elle se demanda comment interpréter son invitation. En vingt ans de vie commune, elle n'avait jamais trompé Antoine. Non qu'elle érigeât la fidélité en valeur morale absolue, mais il faut croire qu'il lui restait de son éducation des reliquats de catholicisme.

Elle chercha à évaluer les risques qu'elle prenait en éconduisant l'éditeur. Serait-il plus porté à la suspicion ? Une chose était certaine : si elle voulait sauver sa peau, mettre l'éditeur dans son lit serait peut-être une bonne option. Elle pourrait faire passer des messages de la part de Charles Berrier. En se rapprochant d'elle, Lamougie aurait l'impression d'être tout proche de l'écrivain. Il aurait l'illusion de lui parler, presque de le voir.

— Je vous contacte dans les jours qui viennent, répondit-elle.

Il demanda à « Éléonore » de transmettre ses salutations à Charles.

Alex lança :

— Et quand le livre sera terminé, on fera un dîner pour fêter ça. Vous et moi.

— À vos ordres.

À peine sortie de chez l'éditeur, Alex sentit que quelque chose clochait.

Instinctivement, elle perçut une présence. Il peut sembler impossible de distinguer un passant d'un flic, ou d'un détective privé.

Pourtant, elle sut aussitôt.

TROISIÈME PARTIE

LES ENTAILLES

1
Le détective

Pas une seule fois elle ne s'était retournée. Elle ignorait donc l'expression de son visage, la direction de son regard. Mais elle sentit qu'il l'étudiait, il l'évaluait, il l'examinait. La personne dont elle entendait les pas résonner derrière elle avait une intention. Il lui voulait quelque chose.

Nul doute que la démarche de son suiveur épousait la sienne. Accélérait-elle qu'il pressait le pas à son tour, et quand elle ralentissait, il ralentissait de même.

Si la police était déjà sur sa piste, elle était perdue. Car cela ne pouvait signifier qu'une chose : ils avaient retrouvé le cadavre de Charles Berrier dans le champ. Ou le doigt dans la garçonnière. En tout cas, ils savaient qu'il était mort.

S'interdisant de téléphoner à Antoine, Alex ne pouvait être certaine qu'il n'avait pas fini par donner l'alerte. Même si c'était le cas, jamais il ne l'aurait dénoncée. Elle eut une folle envie de lui parler, d'entendre sa voix.

Elle aurait tout donné aussi pour téléphoner à

ses beaux-parents et échanger quelques menus propos avec Agathe et Thaïs. Ses filles ne lui avaient jamais manqué autant. Tout donné pour les entendre raconter des événements minuscules de leur vie ordinaire. Mais elle se réfréna. S'il restait une chance que l'homme qui la suivait ne fût pas un policier, elle ne pouvait pas risquer la moindre erreur. Quand tout serait fini, qu'elle aurait inventé à Berrier une autre mort, il faudrait qu'il ne restât aucun lien entre Alex et son double. Léo Delerme.

Elle tenta de se raisonner : si l'homme avait été un policier, il l'aurait déjà arrêtée. On pouvait suivre des suspects pour démanteler un réseau, débusquer des complices, des caches d'armes ou de drogue. Pour une affaire de meurtre, les flics l'amèneraient au commissariat, ils lui poseraient des questions, ils la placeraient en garde à vue, ils chercheraient à obtenir des aveux.

Si elle s'en tenait aux exemples récents, un tueur pouvait s'en sortir à deux conditions : être intelligent et ne jamais avouer. L'intelligence permettait de dissimuler correctement un corps et, au pire, d'empêcher qu'on le reconnût formellement. L'identification passait par deux choses essentielles : les dents et les empreintes digitales. Sans dents, sans empreintes, les choses se compliquaient singulièrement.

Sans corps, pas de meurtre. La police n'avait plus que la carte des aveux. Un suspect aux nerfs d'acier passerait donc entre les mailles du filet.

Alex n'était pas certaine de ne pas craquer, elle comptait donc sur l'absence de cadavre.

L'homme la suivait toujours. Elle entendait le bruit de ses semelles. Elle se mit à compter. Un, deux, trois… Elle lui accorda une minute. Vingt, vingt et un, vingt-deux… S'il ne l'avait pas arrêtée à trente, c'est qu'il n'était pas flic. Trente-sept, trente-huit… À mesure que les secondes filaient, Alex voyait défiler dans sa tête des images sans suite. Elle aurait aimé pouvoir dire qu'il s'agissait des moments marquants de sa vie mais ce n'était pas le cas ; il s'agissait plutôt d'images informes, sans rime ni raison. Elle se revit gamine, marchant dans le couloir menant à la cuisine, un livre illustré à la main. Ses genoux en sang, à la suite d'une chute. Un baiser minable avec un type roux dont elle avait oublié le prénom. Un match de tennis d'Antoine dont elle ne se rappelait plus le gagnant. Cinquante-neuf, soixante.

L'homme qui la suivait n'était pas flic. Donc c'était un privé. Mais pour le compte de qui ?

Là, les hypothèses donnaient le tournis. S'il était payé par Yves Delmain, cela voudrait dire que le beau-père la soupçonnait, que sa couverture était grillée. Il n'y avait plus qu'à espérer qu'il s'agît d'une histoire de femme. Sa maîtresse, furieuse qu'il ne cherchât pas à la revoir ni à s'excuser. Ou son épouse, qui se demandait où il se cachait.

Elle faillit se retourner pour contempler son ennemi dans les yeux. Mais elle parvint à maîtriser sa curiosité. Elle s'arrêta devant une vitrine de pâtisseries. Pris par surprise, l'homme fut contraint de la dépasser. Elle aperçut rapidement son profil à la surface de la vitre. Un grand type baraqué, aux traits lourds.

Dès qu'il la dépassa, elle se tourna pour l'observer. Jean, baskets, veste de sport. La quarantaine. Des cheveux sombres. Un dos compact, une impression de densité et de tension, presque d'hostilité. Mais peut-être était-ce un effet de son imagination.

Le cerveau d'Alex se mit à tourner à cent à l'heure. La première chose serait de savoir qui avait engagé ce type et pourquoi. Le détective, si c'en était bien un, en arriverait un jour ou l'autre à cette conclusion : la disparition de Berrier correspondait à peu près à l'arrivée de Léo. Cette coïncidence était trop compromettante pour qu'elle pût laisser l'idée s'installer. Il fallait de toute urgence que celui ou celle qui avait embauché ce type croie Berrier vivant.

Sa parole n'y suffirait pas. Il faudrait que d'autres pensent l'avoir vu, ou l'aient eu au téléphone. Elle repensa au petit mensonge de l'éditeur, qui avait prétendu avoir reçu plusieurs textos de Charles Berrier. Il avait failli, elle l'aurait juré, dire qu'il lui avait parlé. Elle y songea un instant. L'attrait pour les gens célèbres, la vanité pouvaient beaucoup pour elle. L'anecdote lui rappela un conte d'Andersen. *Les habits neufs de l'empereur*. Deux escrocs promettaient à un monarque, fort coquet, de lui tisser le plus bel habit du monde, une étoffe que les imbéciles ou les incompétents ne pourraient voir. Quelques jours plus tard, l'empereur se rendait auprès des tisserands pour constater l'avancement de son habit. Hélas, il ne vit rien du tout ! Et pour cause : il n'y avait rien. Mais il décida de n'en rien dire, pour ne passer ni pour un sot ni pour un incapable. Il envoya deux ministres inspecter l'avancement des travaux. Ils ne virent rien non plus, mais n'osèrent pas davantage l'avouer. C'est ainsi que l'empereur défila devant son peuple sans le moindre vêtement. Parmi la foule, personne n'osa dire qu'on ne voyait rien. Jusqu'à ce qu'un enfant s'écriât enfin que l'empereur était nu. Tous surent qu'il disait vrai, même le monarque, qui poursuivit toutefois sa route, l'air de rien.

Ce conte, qu'elle avait d'abord lu à Thaïs, puis à Agathe, recélait la solution à son problème.

Lorsqu'elle vit Yves Delmain, le lendemain, elle lui annonça en souriant :

— Charles m'a dit qu'il ne décrocherait que pour les intimes.

Yves Delmain hésita, puis il opta pour l'ironie :

— Pas encore. Mais après tout, je ne suis que son beau-père et son agent.

Le ton était grinçant, Delmain se sentait humilié. C'était bon signe. D'ici à quelques jours, il finirait, comme l'empereur et ses ministres, par prétendre avoir reçu un appel. Tout, plutôt qu'avouer sa nudité.

Pas nu au point d'être un suspect crédible. Mais nu tout de même.

Le temps pressait, il fallait trouver l'assassin rapidement.

Cet après-midi-là, Manon était absente. Alex en profita pour essayer de sonder Delmain :

— Votre fille ne s'inquiète pas trop ?

— De quoi ?

— De la disparition de Charles.

— Elle ne se demande pas où il est, mais plutôt avec qui. Mais, de vous à moi, elle est habituée.

La réflexion méritait qu'on s'y attardât. Sa femme soupçonnait Charles Berrier d'avoir une maîtresse. Voire plusieurs. Ce pourrait être une raison pour le tuer. Le crime passionnel. La vieille recette marchait toujours. Et non seulement ce soupçon était pleinement fondé, mais Alex pouvait donner le nom de l'amante. Il y avait là de la matière réelle à pétrir. Pour se débarrasser du détective, ce pouvait être une issue.

Il fallait creuser la piste. Être présentée à sa femme sous un prétexte ou un autre. Entrer dans sa famille, le noyau où se creusaient toutes les haines, les rancœurs.

Là où Charles Berrier pourrait enfin mourir.

2

Les êtres chers

Trois jours plus tard, Alex buvait un expresso dans le salon d'un appartement gigantesque du seizième arrondissement, en compagnie d'Isabelle Delmain-Berrier.

Tout ici respirait le luxe et le bon goût. Charles était peut-être un opportuniste qui, par son mariage, avait intégré une famille bien née, une famille française.

Alex prétexta un papier à récupérer dans le bureau de Charles. C'était un peu risqué car l'épouse de l'écrivain aurait pu se montrer suspicieuse et l'interroger sur la nature des papiers qu'elle cherchait exactement. Alex décida de parier sur la solitude d'Isabelle Delmain-Berrier. Et sur sa curiosité. Elle eut raison. Isabelle Delmain avait des interrogations concernant son mari, mais elles n'étaient pas de nature professionnelle.

La femme de Charles Berrier était une grande bourgeoise cosmopolite, d'origines italienne et suisse, mais avec le physique de son milieu. Blonde aux yeux bleus, grande, sportive. À cinquante-trois ans, elle paraissait avoir une petite quarantaine. Elle pratiquait une chirurgie esthétique discrète et portait des vêtements de bon goût, un peu modernes mais pas trop – jean, chemisier blanc, bottines. Dès le premier regard, elle parut à Alex à la fois drôle, spirituelle et triste. Mais il fallait une certaine perspicacité pour s'apercevoir de ce dernier trait, car Isabelle Delmain-Berrier dissimulait sa mélancolie sous une façade de gaieté étourdissante. Elle ne tenait pas en place. Elle se leva plusieurs fois sous des prétextes variés : chercher du sucre, refaire un café, ouvrir une fenêtre, la refermer. Elle travaillait pour un journal de mode dont la cible était de jeunes urbaines, trentenaires ou à peine quadras, lettrées, riches et branchées. Ce dont elle parlait à Alex depuis quelques minutes, sans tarir :

— Je fais des recherches pour mon prochain article. Sur les femmes *sex addicts*. Parce qu'on ne va pas laisser aux hommes le monopole du cul !

Sa gestuelle, sa façon de manier les registres, son rire – tout manifestait son aisance. Depuis sa naissance dans les beaux quartiers, le monde lui appartenait, et c'était évident dans sa manière de bouger et de s'exprimer avec la certitude qu'elle aurait toujours un interlocuteur attentif. Elle avait fait le tour de la terre – celle qui se visite en business. De Bali à Bangkok, du Canada à l'Australie, de Vienne à Capri. Elle se sentait à l'aise partout et avec n'importe qui.

— Et vous, vous avez rencontré Charles comment ? demanda-t-elle à Alex.

— Sur les quais. Il m'a acheté un livre. On a discuté et de fil en aiguille…

Sa petite histoire était désormais rodée mais Alex prit soin de l'adapter pour que la femme de Charles Berrier n'en conçût à son égard aucune rivalité. Elle se tourna en dérision et parla de Berrier comme d'un auteur, non d'un homme, insistant sur ses exigences et son aspect pointilleux :

— Son livre parle des porcs comme s'il en avait élevé lui-même.

Sa femme rit, puis elle inclina la tête sur le côté droit.

— Et on ne serait pas si loin de la vérité… Enfin, j'exagère un peu mais à peine. Son grand-père élevait des vaches. Son père était peintre en bâtiment et sa mère couturière.

Consciemment, Isabelle Delmain ne portait pas de jugement sur les métiers manuels des parents Berrier. Mais, en son for intérieur, bien cachée derrière ses bonnes intentions, elle s'enorgueillissait d'avoir épousé un si piètre parti avant que Berrier ne devînt l'auteur révéré de Saint-Germain-des-Prés. Et elle avait en partie raison car, vu de son milieu, il s'agissait bien d'une mésalliance.

Progressivement, le vernis de la bourgeoise s'effrita, et Alex aperçut la femme malheureuse. C'était léger, aussi discret que la substance chimique qui comblait les rides de son front. Peut-être même la femme de Charles Berrier en avait-elle à peine conscience. On le percevait dans un regard, dans la dernière note d'un éclat de rire qui finissait comme un sanglot.

— Je pourrais avoir un peu d'eau, s'il vous plaît ? demanda Alex.

Alors qu'Isabelle Delmain-Berrier allait dans la cuisine pour lui chercher un verre, Alex sortit de son sac une pince à épiler et une boîte en plastique. Elle marcha jusqu'au canapé où Isabelle s'était assise, un instant plus tôt, et passa en revue le tissu. Elle finit par trouver ce qu'elle cherchait : un cheveu blond. Puis un autre. Elle saisit les deux fils d'or avec sa pince et les plaça dans la boîte. Et elle attrapa un rouleau de scotch.

— Voilà. Je vous emmène voir le bureau ?

Isabelle était revenue. Avait-elle vu Alex découper un morceau de scotch ? Son attitude était polie. Dégagée. Alex espéra qu'elle n'avait pas surpris ses manigances.

Alex entra dans la pièce. Aussitôt, elle reconnut l'odeur de l'écrivain. Son parfum. Elle aperçut un cheveu bouclé et roux, tombé sur une feuille.

L'émotion l'étreignit malgré elle comme au souvenir d'un être cher.

Elle s'étonna de la facilité avec laquelle elle avait pénétré dans cette maison. Dans le saint des saints que constituait le bureau de l'écrivain. Les gens ne pensent jamais au pire. Ils n'envisagent que rarement le meurtre. Et Alex ne pouvait pas s'en étonner : un mois plus tôt, elle appartenait également à un monde où le crime était impensable.

Sur le bureau trônaient plusieurs photos dont une de leurs enfants, aujourd'hui adultes. Bérénice et Aurélien. La fille ressemblait à sa mère. Longue, blonde, les yeux bleus. Elle avait vingt-huit ans et, comme Alex l'avait appris grâce à son adresse mail, elle travaillait chez BNP Paribas, filière acquisitions. Quant au fils, il avait les cheveux roux de son père, mais coupé à ras. La peau blanche couverte de taches de son, les yeux bleus. Il avait la trentaine, et quelque chose d'inachevé. D'après les moteurs de recherche, il vivait à New York, où il faisait un MBA. Mais les comptes bancaires de son père disaient d'autres choses que les réseaux sociaux ne mentionnaient pas. Le jeune adulte extorquait encore à son père d'importantes sommes d'argent. Si l'on en croyait ses photos de vacances, il aimait les voyages et les sports extrêmes.

Il était passionnant de découvrir à quel point l'argent, loin d'être une réalité immatérielle, informatique, dissimulait des hiérarchies secrètes entre les êtres. Ainsi, il était aisé de voir que Charles Berrier ne dépensait plus rien pour sa fille. Alex se demanda ce que cachaient ces dépenses excessives pour un garçon de trente ans. Ce surinvestissement financier signifiait-il que Charles Berrier préférait sa descendance mâle ou, au contraire, que l'argent compensait symboliquement un déficit d'amour ?

Il faudrait regarder, pensa-t-elle, si Charles Berrier avait laissé un testament. Dans l'affaire de Chevaline, par exemple, les flics avaient cherché un mobile financier et avaient notamment suspecté le frère. Sans parvenir à établir sa culpabilité. Mais l'idée restait inspirante. Moins romanesque, mais plus efficace.

En contemplant ces photos de famille, Alex sentit brusquement un pincement au cœur.

Il y avait aussi plusieurs photos d'un même jeune homme, apparemment son frère. On les voyait ensemble sur de nombreux clichés. À trois ans, à cinq, à dix, à dix-huit. Mêmes cheveux roux, même peau, même regard bleu. On aurait dit de faux jumeaux : ils semblaient avoir le même âge mais ils n'étaient absolument pas identiques.

Ensuite, Charles Berrier était toujours seul.

Lorsqu'elle tourna la tête, elle aperçut Isabelle Delmain derrière elle. La femme l'observait dans l'encadrement de la porte, sans mot dire. Leurs yeux se croisèrent. Isabelle continua à observer Alex posément, avec une intense concentration. Elle l'évaluait. Elle cherchait une réponse à une question qu'Alex ne parvenait pas à deviner. Celle de sa culpabilité ? De toute façon, maintenant, il n'y avait plus le choix. Elle s'était jetée dans la gueule du loup.

Elle adressa à Isabelle un sourire qu'elle voulait léger. En retour, celle-ci ne lui sourit pas.

— Qui êtes-vous ?

3

Brève apparition d'un double maléfique

La question laissa Alex sans voix. Isabelle Delmain la regardait. Elle attendait. Alex se mit à réfléchir à toute vitesse. La femme de Charles Berrier avait-elle deviné qu'Alex se travestissait, savait-elle que Léo n'existait pas ? Le détective qui la suivait avait-il déjà effectué des recherches sur Éléonore Delerme ? Était-il remonté jusqu'à Singapour ? L'hypothèse était terrifiante.

Mais si Isabelle Delmain-Berrier ne savait pas tout, il ne fallait pas en dévoiler plus que nécessaire. Aussi Léo, qui avait pris le pas sur Alex, chercha-t-elle à gagner du temps :

— Vaste question. Est-ce qu'on sait jamais qui on est ? D'autres s'y sont essayés, et bien plus intelligents que moi.

La mâchoire d'Isabelle Delmain était si crispée qu'on eût dit qu'elle grinçait. Elle finit par lancer :

— Vous débarquez comme ça. Vous dites que vous êtes l'assistante de Charles. Mon père ne jure que par vous… Et Charles est injoignable.

Cette fois, Alex reparut à la place de Léo. Elle ne

trouva rien à répondre et resta là, les bras ballants, incapable de prononcer une parole.

Un instant, elle eut une vision de la Terre perdue dans le Système solaire. À cette échelle, elle n'était rien, pas même un grain de poussière, et son existence, pas plus que celles de ses deux filles, n'avait d'importance. Pourtant, leurs deux visages persistaient dans sa rétine, ils refusaient de s'effacer devant l'immensité cosmique.

— Dites-moi la vérité. À quoi vous jouez tous les deux ?

Alex revint à elle. « Tous les deux » devait désigner Léo et Charles Berrier. De toute évidence, elle n'envisageait pas sa mort.

— Je ne comprends pas, dit Alex.

Et c'était vrai.

— Qu'est-ce que vous cachez ?

— Je ne sais pas de quoi vous parlez.

— Mais si ! Vous êtes sa maîtresse ?

On revenait là sur des terres infiniment plus connues et moins dangereuses. Léo fit son retour.

— Non. Il n'est pas mon genre et je crois que c'est réciproque !

— Charles n'a pas de genre. Il est prêt à se taper toute l'humanité, pourvu qu'elle ait un vagin !

Alex ne put s'empêcher de rire. Elle se rattrapa comme elle put :

— Vous le connaissez mieux que moi mais, d'après ce que je commence à voir, il court beaucoup de rumeurs sur lui. Il y a des gens comme ça, autour de qui les autres aiment broder.

Cette fois, l'argument sembla frapper Isabelle

Delmain. Après quelques instants de réflexion, elle fut obligée d'acquiescer.

Les deux femmes étaient toujours debout, l'une dans le bureau, l'autre sur le seuil. Le parfum suave de Charles Berrier baignait les lieux et un bourdonnement d'aspirateur retentissait à quelques mètres.

La femme de Berrier sembla s'apercevoir de l'inconfort de leur situation et invita Alex à reprendre un café.

Elles se retrouvèrent dans une cuisine lumineuse, avec un îlot central et un bar. Elles s'assirent en hauteur autour d'un expresso.

Isabelle avait abandonné son attitude agressive :

— Je sais qu'il me trompe tout le temps. Je ne suis pas idiote.

— Pas avec moi, en tout cas, je vous assure. Et pour être honnête, il ne me plaît pas du tout !

Isabelle observa Alex, dubitative. Elle paraissait trouver invraisemblable qu'une femme pût ne pas rechercher les faveurs de son mari. En un sens, c'était touchant, presque déchirant. Alex voulut la réconforter.

— Il parle beaucoup de vous. Il vous trouve exceptionnelle. Il m'a dit que vous étiez belle, intelligente, et facile à vivre !

— L'ennui, justement, c'est qu'il aime les femmes pénibles. Vous aviez remarqué ?

Alex décida que l'instant se prêtait à l'honnêteté.

— Oui, répondit-elle.

Soudain, le bruit d'aspirateur cessa et une petite femme surgit dans la cuisine. Isabelle ne sembla pas remarquer sa présence. Ou elle ne trouva pas utile de les présenter. Mais Alex sentit aussitôt que la femme de ménage la fixait avec attention. Leurs yeux se croisèrent. Ceux de la femme à la peau très pâle exprimaient une franche hostilité. Alex n'avait pas l'habitude d'ignorer les gens, elle se sentit donc contrainte de se présenter :

— Bonjour, Éléonore Delerme.

Isabelle se retourna et aperçut la femme de ménage :

— Ah, Oksana, je ne vous avais pas vue.

La jeune femme ne répondit pas et commença à vider le lave-vaisselle.

Alex reconnut en elle une semblable : une femme transparente. Et elle fut persuadée que l'autre l'avait démasquée. Pas ses actions, mais son être réel, celui d'une invisible. Elle avait décelé chez Alex la même inconsistance sociale que la sienne.

Alex songea qu'aujourd'hui, elle avait tout de même changé. Elle n'était plus tout à fait le fantôme de jadis. Un peu de la lumière de Berrier avait rejailli sur elle et l'éclairait, la rendait importante, faisait d'elle *quelqu'un*. Quelqu'un qu'on invite, quelqu'un qu'on appelle, quelqu'un dont on veut se faire une amie. Quelqu'un qui pourrait presque avoir sa table au Ritz.

Alors qu'Isabelle échangeait quelques mots en tête à tête avec la femme de ménage, Alex saisit à l'aide d'un mouchoir en papier la petite cuillère qu'Isabelle avait utilisée pour touiller le sucre. Et la glissa dans son sac.

Avant de partir, Alex ne put se retenir de parler de l'inconnu, sur les photos de famille. Isabelle lui confirma que Charles avait eu un jumeau, mort à vingt-quatre ans dans un accident de voiture. Elle ne l'avait jamais connu et son mari n'en parlait pas. Alex pensa que Charles vivait sans doute avec le souvenir de ce frère défunt.

— Il s'appelait Martin.

Martin.

Martin Guerre, le pseudo sous lequel Berrier avait attaqué l'auteure Céline Salmon. Martin Rabier, le vendeur de cheveux qui haïssait les femmes. Étonnant, pensa-t-elle. D'habitude, on hisse les morts sur un piédestal, on en fait des héros ou des saints.

Charles Berrier avait fait de son jumeau son double maléfique.

4

Remords

Alors qu'Alex sortait de chez les Berrier, elle entendit à nouveau les pas du détective. Elle procéda comme la dernière fois : elle s'arrêta à un coin de rue, en feignant de chercher quelque chose sur son portable. Et, profitant qu'il ait passé sa route, elle revint sur ses pas. Elle courut, prit tous les tournants, toutes les ruelles, jusqu'à être certaine que l'homme avait perdu sa trace.

Elle arriva à l'appartement, la peur au ventre. Si c'était finalement un flic et qu'il se trouvât là, derrière la porte, quand elle entrait ? Il aurait découvert le doigt tranché, la mèche de cheveux roux, la carte bancaire, le portable, l'ordinateur, les cailloux sanglants.

L'appartement était vide. Elle sortit la boîte avec les cheveux blonds et y colla une étiquette : « ADN Isabelle Delmain-Berrier ». Puis elle enfila des gants en caoutchouc et sortit la petite cuillère. À l'aide d'une loupe, elle examina attentivement la surface métallique. Elle aperçut deux fragments d'empreinte. Elle posa délicatement le scotch par-dessus. Elle attrapa le morceau sur lequel était figée l'empreinte et le déposa avec une pince dans un autre bocal en plastique. Elle colla une nouvelle étiquette : « Empreintes Isabelle D-B ». Elle rangea soigneusement les deux boîtes en plastique dans la bibliothèque, dissimulées derrière une pile de livres, près de *Madame Bovary*.

Elle s'allongea sur la couverture violette, elle se serra dans ses propres bras et se caressa les joues, les bras, comme si Antoine la berçait pour la consoler. Son compagnon lui manquait, l'absence de ses filles lui causait une douleur physique.

Elle eut le sentiment d'être un puits de noirceur sans fond dans lequel Charles Berrier s'était abîmé. Elle ressentit brusquement l'envie de laisser tomber et envisagea de se livrer à la police.

Elle serait arrêtée. Elle pouvait imaginer la prison. La cellule. Ce serait un peu comme sa chambre à Sainte-Anne, sauf qu'elles seraient au moins deux, voire trois. Elle visualisait les plateaux orange. Les couloirs, le bruit des clés. Les cris de certaines filles. La rumeur des télévisions. Le vacarme continu, à chaque instant. L'absence d'intimité. Le moindre détail lui semblait terrifiant. Mais le plus effrayant c'est qu'elle ne pourrait pas mettre fin à ses jours. Pourtant, ce serait le plus simple. Elle tirerait ainsi sa révérence et tout serait fini. Mais il y avait Antoine et les filles.

Antoine serait certainement malheureux, peut-être même aurait-il du mal à retrouver quelqu'un, mais il finirait par s'en remettre. À force de vivre à ses côtés, elle se croyait sans doute plus nécessaire qu'elle ne l'était vraiment. Ça mettrait deux ans, trois, mais il finirait par coucher avec une autre. Une plus jeune, pourquoi pas? Au début, même quand il serait dans ses bras, il continuerait à penser à Alex. Puis son souvenir s'estomperait. Comme s'estompait en elle, déjà, le souvenir de lui.

Les choses allaient d'ailleurs à un train imprévu. À peine un mois qu'elle était partie et déjà elle ne savait plus la chaleur ni la texture de sa chair, déjà elle avait oublié la douceur de sa peau.

Le problème insoluble, c'étaient les filles. Une amante se remplaçait facilement, une mère non. Agathe était si petite encore. Et même Thaïs, tellement attachée à Alex qu'il était difficile d'imaginer comment elle pourrait grandir sans elle. À nouveau, la morsure du manque se fit sentir. Et elles, ses filles, comment vivaient-elles son absence? Au fond d'elle, Alex était rassurée : autant elle aurait du mal à élever ses filles toute seule, sans sombrer dans la folie ou l'autodestruction, autant Antoine avait les reins solides. Il pouvait se débrouiller seul, pour lui, pour Thaïs et Agathe. Il était du genre à évacuer les soucis, à ne pas les anticiper ni les ruminer. Ne pas se poser trop de questions, tel était peut-être le secret de l'équilibre mental, pensa furtivement Alex. Mais comment y arriver? Elle ne parvenait pas à faire autrement que ressasser et se faire dévorer par l'anxiété; Antoine ne pouvait avancer qu'en occultant les problèmes.

Si les filles pouvaient passer un ou deux mois sans leur mère, qu'en serait-il de sept, huit, dix années? Et il y aurait l'opprobre, aussi. Dans la cour de récréation, milieu déjà si hostile, on les traiterait de filles de meurtrière. On les ferait souffrir. On leur infligerait des tortures pires encore que les décharges électriques de l'expérience de Milgram. Cette idée, plus que toutes autres, était intolérable à Alex.

— Je t'ai connue plus combative, remarqua Charles.

Alex crut sentir un souffle sur sa nuque, comme si Charles l'avait caressée. Elle sécha les larmes qui avaient coulé sur ses joues. Elle se redressa.

— Je m'en veux tellement, pour tout ça !

— Un jour, dit Charles, je partirai. Et tes remords avec moi.

Elle se reprit. Bizarrement, elle avait beau considérer Charles Berrier comme un salopard, elle ne pouvait se défendre d'une affection grandissante pour lui. Elle l'imaginait rechignant à rentrer, le soir, dans son grand appartement du seizième arrondissement. Effrayé à l'idée de retrouver la femme blonde qui l'aimait d'un amour amer et déçu.

Elle voulut lui répondre mais il avait disparu.

Cette nuit-là, Alex fit un cauchemar. Elle était à l'enterrement de sa grand-mère Mireille. Elle se penchait sur le trou pour y lancer une poignée de pétales de rose. Mais au lieu des fleurs, elle laissait tomber une de ses dents. Puis les autres commençaient à se casser dans sa bouche. Elles s'effritaient. Alex essayait de les retenir en les pressant contre ses gencives. Mais elles se brisaient et tombaient dans le trou.

Au réveil, Alex décida, coûte que coûte, de continuer à sauver sa peau.

5

Fusions / acquisitions

Alex commença la journée en répondant aux messages de Charles Berrier. Le boulot, d'un côté ; sa famille, de l'autre. Sa femme commençait à perdre patience. Son fils redemandait de l'argent. Sa fille se montrait, de loin, la plus agacée.

« Tu rentres quand ? »

« Dans douze chapitres. »

« Le boulot passe toujours avant nous. Comme d'hab. »

« À mon retour, je t'emmène en voyage. »

Bérénice ne répondit pas. Alex en fut peinée. Elle aurait aimé réparer les blessures que Charles Berrier avait causées. Elle aurait voulu assurer à la jeune femme que son père lui portait plus d'affection qu'à ses livres. Même si c'était faux. Bérénice n'apparaissait sous les traits d'aucun personnage. Sa femme non plus. Peut-être les considérait-il comme trop banales, trop conformistes.

Elle prit sur elle d'envoyer un dernier message :

« Je t'aime. Papa. »

Il ne reçut pas plus de réponse mais, du moins, Bérénice partirait avec ce souvenir de son père.

— Tu vois, intervint Charles, c'est pour ça que tu fais de mauvais textes : tu te crois cruelle, alors que tu débordes d'amour. Tu ne feras jamais de bons livres avec de bonnes intentions. Enlève ces sentiments qui t'étouffent : ton adoration idiote pour ton mari, ton amour pour tes filles, ta compassion pour les inconnus. Sois ce que tu es : tranchante, forte, submergée par la colère.

— Je ne suis rien de tout ça.

— Toi, peut-être. Mais ton double, si.

Alex prit une douche pour chasser la voix de Charles Berrier. Elle lava ses doutes à grandes eaux, puis posta un tweet de Charles : « Savez-vous pourquoi Angela Merkel est toujours de mauvaise humeur ? Parce que le matin, quand elle se lève et se regarde dans le miroir, elle se voit. »

Après Alex partit travailler à l'agence Delmain. Elle terminait la liste des personnages lorsque Yves Delmain fit entrer deux personnes dans le vaste bureau où elle travaillait.

— Éléonore, je vous présente deux acheteurs potentiels !

Elle se retourna et, à sa stupeur, elle découvrit Soraya Salam. Que faisait-elle ici ?

Delmain poursuivit :

— Gregory Lepostec. Producteur chez Telmedia. Et Madame… ?

Le producteur présenta aussitôt sa collaboratrice :

— Et Soraya Salam. Scénariste et romancière.

Apparemment, Yves Delmain ignorait qui était Soraya. Il présenta Alex :

— Éléonore Delerme. L'assistante de Charles Berrier.

Soraya Salam en resta interdite. Elle toisa Alex avec une insistance qu'elle ne cherchait nullement à dissimuler.

De son côté, Alex la dévisageait, cherchant à comparer la femme réelle et sa version de papier, Djamila Lakhdar. Charles Berrier ne s'était pas donné la peine de beaucoup changer son apparence : même regard, mêmes cheveux noirs striés de mèches blanches, même intensité. Alex se demanda si elle avait un frère qu'elle aimait ou si Charles Berrier avait entièrement inventé cet amour incestueux.

Les deux visiteurs ne tardèrent pas à expliquer le motif de leur venue. Ils voulaient acquérir les droits du roman *En pièces*. Celui qui relatait l'histoire de la famille Lakhdar. Aussitôt, Alex soupçonna Soraya de vouloir prendre une option pour empêcher les autres de manipuler son histoire, plutôt que pour mener le projet à bien.

— Nous avons une offre pour vous, proposa Léo. Les droits du livre sont chers. Pour la moitié du prix, on vous vend les droits sur un des personnages. Djamila Lakhdar, par exemple. Ou bien juste Djamila et son frère.

Le producteur se montra intéressé, Soraya également. Elle resta irréprochable devant Yves Delmain. Elle argumenta, expliqua ce qu'elle voulait faire des droits, quel était son projet artistique. Elle souhaitait écrire un film sur une femme d'origine maghrébine dans les zones rurales, abandonnées par l'État. Elle aimait la persévérance de Djamila, son jusqu'au-boutisme. En revanche, elle ne souhaitait pas acquérir son frère. Ils allaient se focaliser uniquement sur un parcours féminin fort. Elle trouvait que l'amour du frère et de la sœur brouillait le message social.

Ils repartirent donc avec Djamila, sans Selim.

Elle était venue s'acheter elle-même.

Quand elle ressortit de l'agence, Alex sentit la silhouette qui la suivait de loin. Elle continuait avec assiduité à poster des tweets de Charles Berrier, alternant des traits d'esprit inoffensifs avec quelques commentaires acerbes envers les « fragiles », c'est-à-dire les hommes qu'il jugeait trop féminins, ceux qui changeaient les couches ou se mettaient de la crème sur le visage. Elle lui faisait également acheter des films sur le Net et payer ses factures. Elle le faisait vivre par textos auprès de ses proches et *online* pour le reste du monde.

Mais ces artifices ne résisteraient pas à un examen approfondi. Du moins, ils poseraient un problème de taille : où était Charles Berrier ? Léo avait prétendu qu'il séjournait en Normandie puis du côté de Fontainebleau mais un flic mandaté s'apercevrait rapidement d'où étaient passés les ordres et d'où s'écrivaient les commentaires en ligne. Un flic s'apercevrait également que le portable de Charles Berrier bornait ici, à Paris onzième.

Alex n'eut aucun mal à dénicher l'adresse de Soraya sur le portable de Charles Berrier.

Elle passa chez un fleuriste et acheta un énorme bouquet de roses rouges. Elle marchait lentement, s'assurant à chaque coin de rue que le détective la suivait, comme sa mauvaise conscience.

Soraya vivait dans le troisième arrondissement, à une vingtaine de minutes de la garçonnière. La rue Dupetit-Thouars, près du Carreau du Temple. Elle sonna à l'interphone d'un immeuble haussmannien. La voix grave de la femme demanda :

— C'est pour quoi?

— C'est Léo. Éléonore Delerme. L'assistante de Charles Berrier. On peut se rejoindre en bas, au café?

Pas de réponse. Alex attendit. Au bout de quelques instants, Soraya descendit. Léo lui tendit les fleurs. Soraya la regarda d'un air d'incompréhension :

— De la part de Charles, dit Léo.

— En quel honneur?

— Il voulait s'excuser. Quand il a appris que vous aviez acheté Djamila, il s'est senti coupable.

— Le con.

Elles se faisaient face sur le trottoir et Alex savait, sentait, que le détective les observait.

Soraya saisit le bouquet et alla tranquillement le jeter dans une poubelle.

Puis elle se tourna en souriant vers Léo.

— Vous voulez toujours prendre un café?

Alex hocha la tête. Son plan avait fonctionné.

S'il ignorait son existence, maintenant le détective

savait qu'il y avait une autre femme. Une femme à qui on offrait des roses rouges, une femme qui les jetait à la poubelle. Il n'aurait aucun mal à comprendre. Ses soupçons se détourneraient peut-être d'Alex pour se porter sur Soraya, et elle pourrait souffler un peu et avancer ses pions pour la suite.

6

Mort aux porcs !

Devant deux eaux minérales à six euros, les deux femmes commencèrent à discuter. Elles se trouvaient au Café Crème, une brasserie agréable de la rue, remplie de jeunes actifs qui apparemment ne travaillaient pas un mardi en milieu d'après-midi. Alex leur jeta un regard curieux. Elle avait déjà remarqué ce phénomène depuis son arrivée à Paris. L'impression tenace, même au début de septembre, que les gens ne travaillaient pas. Ils flânaient, faisaient les boutiques, prenaient des cafés. Mais peut-être, après tout, était-ce leur travail. Elle les croyait en train de fumer en terrasse alors qu'ils se trouvaient en plein milieu d'une réunion. Elle repensa aux êtres minuscules décrits par Charles Berrier. Lui qui vivait ici, au cœur de Paris, dans ce monde où on buvait de l'eau à six euros, comment avait-il pu décrire si justement leur existence à eux, les autres ?

Alex pensa à son voisin à Petit-Mars, Armand Lebouchu. C'était un paysan sans culture, si l'on pouvait dire. Il avait un grand champ sur lequel il faisait pousser du colza et du blé. Mais un riche cultivateur de la région le lui avait acheté à bon prix. Il vivotait désormais de cette rente qui s'amenuisait et de divers travaux dans la région. Il moissonnait les champs, réparait des tuyauteries, coupait du bois. Tous ces petits boulots, mis bout à bout, ne lui rapportaient pas plus de quatre ou cinq cents euros par mois. Avec les aides, il pouvait survivre. Avec ses chats. Il était aimable, un peu bizarre, sauf avec les employés de voirie, qu'il insultait fréquemment. Dans leur coin, le ramassage des poubelles était désormais payant. Mettre ses poubelles dans le tas d'un autre était devenu un sport. Armand Lebouchu ne le pratiquait pas car il payait et cet impôt sur les ordures le mettait en rage.

Parfois, le dimanche, il invitait les Marsan à goûter. Il sortait un Scrabble. Antoine acceptait de faire une partie, alors qu'il détestait ça. Et le visage d'Armand Lebouchu s'illuminait.

Charles Berrier savait voir au-delà de son quartier, du centre de la capitale. Alex se demanda si Soraya avait été touchée, séduite même, par cette facette de son talent.

Au début, Alex apercevait la silhouette du détective. Il resta un moment à les observer. Puis il disparut. Alex se tourna, scruta les clients pour être certaine qu'il ne s'était pas caché parmi eux. Mais non, il s'était volatilisé.

Spontanément, Soraya évoqua le personnage de Djamila. Elle avait été très blessée par les vols d'éléments minuscules de sa vie. Sa façon de se brosser les dents, le fait qu'elle perdait ses cheveux, sa ride verticale sur le ventre.

— Et je ne parle pas de ma mère ! Quand elle a lu le livre, elle m'a insultée.

Visiblement, cette dernière avait confondu la vie et la littérature. Même son frère, Karim, l'avait assez mal pris. Il n'avait pas lu le roman mais quelqu'un lui en avait parlé. Depuis, il était encore plus distant que jamais avec sa sœur. Déjà qu'ils n'avaient jamais été très proches…

— Je ne comprends pas pourquoi il a écrit ça. Franchement, je respecte le boulot d'écrivain. Mais là, à part m'éloigner encore plus de mon frangin, je ne vois pas… Karim n'ose même plus me faire la bise.

Son visage était mobile, très expressif. Quand elle parlait, ses mains volaient. Elles cherchaient à vous emporter.

Alex s'efforça de prendre du recul. Il ne fallait pas se laisser subjuguer par cette femme, mais continuer à la regarder à distance. Elle l'observa. Soraya Salam portait une longue robe indienne, dans les tons marron, cousue de fils d'or et de pierres. La beauté du vêtement contrastait avec son visage nu. Ses cheveux lâchés.

Un bref instant, Alex eut envie de devenir comme elle, de devenir elle. Elle s'imagina même la faire accuser et prendre sa place. À quoi ressemblait la vie de Soraya ?

Pour entrer dans son monde, elle la fit rire, lui raconta des anecdotes amusantes. Elle se découvrit des talents de menteuse insoupçonnés.

Elle utilisait les histoires de ses hôtes du gîte pour en inventer d'autres. Elle avait toujours été douée pour écouter, pour raconter. Elle utilisait tous les récits entendus, accumulés en elle depuis des décennies. Aujourd'hui, elle avait envie que Soraya la trouve jolie, spirituelle. Elle avait l'impression d'être une actrice. Elle pouvait presque entendre les applaudissements.

Pour la première fois, elle s'autorisa même un verre d'alcool. Au bout du deuxième elle ne feignait plus : elle s'amusait vraiment car Soraya était irrésistiblement drôle.

— Et tu sais ce que j'aimais en lui ? J'ai d'abord aimé ses chaussettes. C'est la première chose que j'ai vue. Elles étaient dépareillées : une rouge, une verte. Qui pouvait porter ces machins ? Il fallait forcément un sacré tempérament.

Ainsi Soraya racontait-elle son histoire d'amour avec Charles Berrier.

— Ce qui est bien, quand tu t'amouraches d'abord d'une paire de chaussettes, c'est que la passion ne meurt jamais !

Au bout du sixième verre, Alex se retrouva avec Soraya dans un restaurant du quartier. Madame Shaun. On y servait des spécialités asiatiques dans une atmosphère bondée et survoltée. Elles poursuivirent leur conversation à bâtons rompus.

Profitant que Soraya se rendait aux toilettes, Alex déroba sa petite cuillère, comme elle l'avait fait pour Isabelle Delmain-Berrier. Elle attrapa la veste légère que Soraya avait laissée sur le dos de sa chaise, y préleva un cheveu noir et bouclé, le déposa délicatement dans une boîte en plastique. Elle mit le tout précipitamment dans son sac.

Quand Soraya revint s'asseoir, Alex l'attendait sagement. Elles reprirent leur discussion.

Tout en relâchant son attention, Alex tâchait de rester dans le rôle de Léo. La rigolote, la pragmatique. Elle cherchait aussi à sonder Soraya sur ses sentiments réels pour Charles Berrier. À l'heure actuelle, que pensait-elle de sa défection ?

— Je vais te faire une confidence, dit Soraya. Je commence vraiment à croire que tu n'es pas sa maîtresse. Tu es trop… trop sympa pour lui !

Elle rit mais, derrière la boutade, Alex sentit qu'elle était sincère.

— En revanche, je pense que tu mens : tu sais où il est. Et avec qui.

Alex réfléchit, balaya l'éventail des possibles. Par exemple, était-ce Soraya qui avait embauché ce détective ? Le type était apparu après leurs échanges de textos et son long silence. Peut-être était-ce sa réponse au comportement mystérieux de son amant.

Alex hésita à entrer dans le vif du sujet et à lui parler de ce type qui la suivait mais elle s'abstint. C'était trop tôt. N'allait-elle pas se trahir par une trop grande anxiété ?

En revanche, un bon moyen de le savoir serait de donner aux uns et aux autres des informations différentes. Aussi prit-elle sur elle pour révéler :

— Tu as raison. Il est à Paris.

Soraya se figea.

— Où?
— Je ne sais pas. Non, c'est vrai. Je ne sais pas.
— Tu le vois?
— Oui. Pour le livre. Quand il en a marre des brouillons, il me dicte.
— Tu le vois où? À l'appartement?
— Je lui ai promis de ne rien dire, je suis désolée.
— Je suis sûre qu'il vient à l'appartement. C'est toujours là qu'il écrit. Il y a une autre femme?
— Je ne sais pas, il ne me raconte pas sa vie.
— Ça m'étonnerait, Charles passe son temps à raconter sa vie. Et celle des autres! J'en étais sûre : il y a une autre femme.

Alex répéta qu'elle l'ignorait.

Puis, sans savoir comment, elle se retrouva en train de danser au Bus Palladium. Elle n'avait jamais fréquenté les boîtes de nuit, ni à seize ans, ni à vingt, ni à trente, et voilà qu'à quarante ans elle se dandinait au milieu d'une foule hétéroclite mais en majorité plus jeune qu'elle. Elle osa demander à Soraya si elle ne se sentait jamais mal à l'aise parmi ces gamins. La quadragénaire, à moins qu'elle ne fût même quinqua, rit :

— Mais je m'en fous complètement! Qu'est-ce que ça peut te faire?
— Je ne sais pas, ils me regardent, ils se demandent ce que je fais là. C'est un peu pathétique de vouloir draguer à mon âge. Ils se disent que je suis une cougar.
— J'adore ce mot! Le mec qui a inventé ça devait beaucoup aimer les femmes mûres. Et au fait, on part en chasse ou tu as déjà ce qu'il te faut?

Alex essaya de retrouver toute sa vigilance. La question de Soraya pouvait être à double tranchant. Elle s'efforçait peut-être de lui faire avouer une liaison avec Charles Berrier.

— On n'a jamais ce qu'il nous faut, répondit-elle.

Puis elle ajouta d'un ton neutre :

— Je viens draguer.

Soraya sourit et poursuivit ses questions :

— Tu n'es pas mariée, tu n'as pas d'enfants ?

Alex savait que lorsqu'on ment, il faut à tout prix rester laconique, pourtant elle ressentit le besoin de se justifier et noya sa compagne de paroles. Elle expliqua qu'elle avait eu une histoire, une grande histoire, avec un type formidable. Elle était tombée enceinte mais avait fait une fausse couche. À la suite de cet accident, le type formidable était devenu un connard et l'avait quittée. Depuis, elle voulait toujours un enfant mais plus forcément l'homme qui va avec. Alors elle avait fait congeler ses ovocytes, au cas où.

Soraya l'examina un instant :

— Tu as raconté ça à Charles ?

Alex fit non de la tête.

— Tu as raison, ne lui raconte jamais ! Il va t'écouter, il aura plein de compassion, un sourire ému, les larmes aux yeux. Et le pire, c'est que ça sera sincère ! Ce connard ne gère pas ses émotions. Du coup, il exorcise. Et c'est toute ta vie qui se retrouvera dans ses putains de bouquins !

Alex esquissa un sourire amer. Elle ne savait tout cela que trop bien. Son visage, son corps, son champ, sa maison – l'écrivain avait déjà pillé tout ce qu'il avait pu.

Soraya se mit à déverser ses propres déboires avec Charles Berrier. Une confidence sur l'oreiller avait mis le feu aux poudres : Soraya avait subi des attouchements de son père. Charles Berrier en avait été à la fois bouleversé et intrigué. Il était intarissable : à quel âge ? Quel genre d'attouchements ? Qu'avait-elle ressenti ? De la tristesse, de l'attirance, de la répulsion et dans quelle proportion ? Son frère avait-il été également victime de leur père ?

Elle avait tout balancé : le dégoût, la honte, l'amour, tout ça inextricablement mêlé. Un traumatisme qui durait, ne s'estompait pas, et la contraignait depuis toujours à rencontrer des hommes dominateurs avec qui elle rejouerait la même scène.

Et Soraya avait découvert le roman *En pièces*. Son amant avait disséqué sa vie, avait fait sa cuisine, mélangé vrai et faux, anecdotes réelles et fantasmées. Il avait recraché cet inceste, en le transformant en histoire d'amour magnifique et triste avec son frère. Pourquoi : liberté de la création, caprice de l'imagination ?

Il n'avait pas songé aux dommages collatéraux. La mère avait reconnu la description de ses enfants et des détails concrets de la vieille maison dans laquelle ils habitaient gamins : elle avait pris la fiction pour argent comptant. Désormais, elle était persuadée que Karim et elle avaient fait l'amour ensemble. Elle ne parlait plus à Soraya et avait été sur le point de les dénoncer aux flics.

Son père l'avait traitée de pute. Elle lui avait

balancé au visage leur passé. Il avait nié. En bloc. Puis il avait clos la conversation par ces mots :

— C'était y a longtemps, je m'en souviens pas.

Elle avait coupé les ponts.

Le pire, c'était Karim. Son frère et elle étaient tellement mal à l'aise en présence l'un de l'autre qu'ils évitaient de se voir. Soraya en souffrait beaucoup car, malgré leur distance, elle aimait Karim. C'est comme si cet inceste les avait contaminés, comme s'il avait dévoilé au jour un désir enfoui, terrible et secret.

— Voilà quels ravages un mec comme Charles Berrier peut faire dans ta vie ! Alors, fais gaffe. Ne lui dis rien ! Jamais ! Même s'il te presse de questions. Je parie qu'il le fait, pas vrai ?

Alex hésita.

— Pas vraiment, non. Avec moi, il est différent : il ne parle que de lui.

Soraya sembla étonnée. Elle se demandait peut-être si Alex constituait si peu d'intérêt aux yeux de Charles Berrier qu'il se fût comporté différemment. Alex se sentit la nécessité de rectifier :

— Je ne me souviens que de deux vraies questions qu'il m'ait posées. La première, c'était pour savoir ce que je pensais de la fidélité. La deuxième, pour me demander si je pensais, comme lui, que les femmes étaient des emmerdeuses.

Soraya leva son verre.

— À la mort de ce connard !

Alex s'effondra de l'intérieur. Son hésitation fut perceptible à Soraya, qui l'interpréta à sa façon :

— Tu l'aimes ? J'en étais sûre !

— Mais non. Je ne peux juste pas souhaiter sa mort : c'est mon gagne-pain.

— Tu as raison ! Alors, soyons plus générales : mort aux porcs !

— Toi non plus, tu ne souhaites pas vraiment sa mort. Sinon, tu ne serais pas restée avec lui. Car tu es restée, même après le livre.

Soraya demeura songeuse.

— Je lui en ai beaucoup voulu. Pendant six mois, on ne s'est plus revus. Six mois pendant lesquels il s'est excusé tous les jours, six mois pendant lesquels il m'a envoyé des fleurs, des mots d'amour bouleversants. J'ai fini par lui pardonner. Pas à cause de ses excuses – Charles est et restera toujours narcissique, pervers et égocentrique – mais à cause de son talent littéraire. Ses messages étaient si beaux qu'ils sont devenus ma drogue.

Elle sortit de son sac deux comprimés d'un beau rose. Elle en avala un et tendit l'autre à Alex.

— À propos… voilà pour t'aider à aimer les autres.

Alex observa la pilule. Était-il crédible que Léo ignorât ce que c'était ? Son silence la trahit, Soraya perçut son malaise :

— Tu n'as jamais pris de MDMA ?

— Non.

— Tu voulais draguer, non ?

Terrifiée, Alex s'empara du cachet et l'avala.

À aucun moment, Alex n'eut la sensation de perdre le contrôle. Elle sentit juste une vague de joie et un grand élan d'amour l'envahir, accompagnés d'une énergie vitale immense, infinie. Elle pouvait soulever des montagnes. Elle pourrait déterrer Charles Berrier, le débiter à la tronçonneuse et le dissoudre à l'acide. C'est peut-être ce qu'elle aurait dû faire dès le départ, plutôt que de quitter les siens. Elle n'avait peur de rien. Plus jamais peur. La vie était simple quand on la comprenait. Il suffisait de prendre ce qu'on mérite. Ce qu'on veut. Le garçon au bar, avec deux copains. Très beau, jeune, trente ans peut-être. Il ressemblait au privé. C'était lui. Peut-être. Aucune importance. Alors qu'ils dansaient, les mouvements d'Alex étaient fluides. Ils ne l'étaient jamais d'habitude. On le lui disait souvent : tu ne sais pas danser. En fait, elle savait. Elle ondulait, elle était totalement en accord avec la musique, elle la précédait. Anticipait ses prochaines vagues et s'y abandonnait tout en restant active, alerte. Le corps du jeune homme. Son visage. Il y a des gens pour qui un seul regard suffit : on sait si on les aime ou non.

Maintenant qu'il était reparti, Antoine appartenait à une vie lointaine. Une vie qui, à l'heure présente, n'avait plus aucun lien avec la sienne. Son corps était ici, parmi ces autres corps, et cette présence seule avait de l'importance. Elle était son corps, mais elle pouvait aussi se glisser dans celui des autres, épouser leurs mouvements, s'y fondre totalement.

Après, elle marchait dans Paris, le garçon serré contre elle. Elle se sentait terriblement bien. Il avait plu, dans un laps de temps où elle s'était absentée d'elle-même, et maintenant, les trottoirs scintillaient. Des rigoles coulaient le long des caniveaux, elles bouillonnaient comme une mer déchaînée. À perte de vue, la ville était argentée, grise et mauve.

Alex s'effaça pour laisser le jeune homme pénétrer dans la garçonnière. Tel était son vrai usage, au fond : y amener des garçons. Elle rit.

Elle alluma l'ordinateur pour mettre de la musique. Il s'approcha :

— Si je voulais t'embrasser, tu dirais quoi ?

Alex le contempla – il lui paraissait si jeune.

— Et toi, si je t'invite à danser, tu acceptes ?

Il rit :

— Ouais mais si on change cette musique pourrie !

Il s'assit devant le clavier. Alex dansait autour de lui.

— C'est quoi ça ? C'est un vrai ?

Devant ses yeux, le garçon agitait le doigt de Charles Berrier qu'Alex avait oublié de remettre dans la glacière.

7

À un doigt du désastre

Alex ouvrit les yeux. Elle était nue, uniquement couverte par les poils violets du plaid. Près d'elle dormait un jeune homme inconnu, en caleçon.

Tout lui revint. Les verres, le Bus Palladium, le comprimé de MDMA, le garçon au bar avec ses copains. Elle avait la migraine et la gorge asséchée. Le doigt.

Elle noua la couverture autour de sa poitrine, se leva et avala deux verres d'eau.

Il était neuf heures du matin, il fallait faire vite. Penser vite. Le jeune homme avait touché le doigt de Charles Berrier.

Elle ne pouvait le laisser quitter l'appartement après ce qu'il avait vu.

Elle observa autour d'elle. Un vase. Un cendrier en verre mais de petite taille.

Un couteau. Il y en avait un, elle le savait, dans le coin cuisine. Un long. C'était le seul objet qui, dans le salon, constituait une arme susceptible de tuer.

Elle retourna dans la chambre. Restant juste dans l'encadrement de la porte. Elle regarda le gamin. Sa beauté sidéra Alex. Elle se demanda s'ils avaient fait l'amour. Si oui, elle regretta de ne pas s'en souvenir.

Il dormait d'un sommeil profond. Une mèche de ses cheveux bruns tombait sur son front. Il constituait une proie facile. Mais où frapper ? Comment être certaine qu'il n'allait pas se réveiller avant qu'elle lui ait porté un coup fatal ? Il lui arracherait l'arme. Il l'immobiliserait. Il la tuerait peut-être, et c'en serait terminé.

Elle ne pouvait le laisser quitter l'appartement après ce qu'il avait vu.

Frapper la carotide. Un petit mouvement sec. Dans un film, ça paraissait simple mais en vrai ? Alex avait toujours du mal à découper le poulet, le dimanche midi. Chez elle, ils aimaient tous un morceau différent. Ils formaient une superbe alliance de mangeurs de poulet. Les ailes pour Agathe, le haut de cuisse pour Thaïs, le bas de cuisse pour Antoine et du blanc pour elle.

Elle se souvenait de ses mouvements maladroits pour découper les cuisses. Il y avait des tendons, de la peau. Ça résistait. Pour le jeune homme, ce serait sans doute encore plus dur. Sans compter le sang qui se répandrait partout.

Quel âge avait-il ? À la lumière du matin, elle aurait dit vingt-huit ans. Moins de trente. Il avait sans doute un père et une mère qui l'aimaient.

Elle ne pouvait le laisser quitter l'appartement après ce qu'il avait vu.

Elle se souvenait qu'il avait saisi le doigt, il avait même fait semblant de l'agiter comme on met en garde un enfant. Il avait ri, donc il était ivre ou, comme elle, sous l'emprise de stupéfiants.

Elle ne pouvait le laisser quitter l'appartement après ce qu'il avait vu.

Elle s'approcha du coin cuisine. Elle saisit le couteau, alla vers la chambre. Sa main ne cessait de trembler. Le jeune homme se retourna. De peur, elle faillit s'évanouir. Dans sa nouvelle position, il avait l'air d'un enfant. Elle vit sa main posée sur le drap.

Elle s'habilla en hâte et sortit de chez Berrier. Avenue de la République, elle avait déjà repéré une boutique de farces et attrapes.

Elle s'y rendit. Le magasin n'était pas encore ouvert. Pour patienter elle se mit à marcher sur la place inondée de soleil. Elle regarda quelque temps un homme jeune qui faisait du skate. Puis reprit sa déambulation. Quand le rideau de fer se leva, Alex s'engouffra dans la boutique. Les lieux étaient sombres, tapissés de noir. Il y avait toutes sortes de bêtises en plastique. Des pistolets à poivre, des sarbacanes, des confettis, des panoplies de super-héros.

Le vendeur était un petit homme ventripotent, aux cheveux rares et aux yeux très bleus. Il semblait perdu au milieu des sabres lasers et des masques souriants. Tout en lui dégageait une étrange mélancolie. Au point qu'un instant, Alex eut envie de s'arrêter et de lui parler. Celle qui, en elle, avait toujours écouté et inlassablement interrogé les autres eut le désir de s'attarder sur ce vendeur triste.

Mais elle n'avait pas le temps. Alors elle se contenta de lui sourire avec gentillesse. Elle lui demanda s'il avait une cape noire, une toile d'araignée, du maquillage noir, un masque de Sarkozy puis, à la toute fin, des doigts en caoutchouc.

Le vendeur mélancolique déposa des toiles d'araignées et du maquillage noir sur le comptoir. Il n'avait plus de Sarkozy. Est-ce qu'un masque de Fillon lui irait ?

Elle hocha la tête avec enthousiasme.

— Et les doigts ?

Le vendeur s'anima. Pour ça, il avait exactement ce qu'il lui fallait. Il lui montra un kit de cinq doigts tranchés. Leur extrémité était prolongée par du faux sang et un morceau d'os. Ce n'était pas idéal mais ça devrait faire l'affaire. De toute façon, il fallait rentrer avant que le chérubin ne s'éveille. Elle acheta l'un des doigts, salua le vendeur triste et repartit à l'appartement.

C'est alors qu'elle entendit les pas. Le détective l'avait suivie et vue entrer dans la boutique. Il y retournerait peut-être pour voir ce qu'elle avait acheté. Que pourrait-il en déduire ?

Mieux valait ne pas y songer, pas tout de suite, chaque chose en son temps. Autant hier, le monde paraissait simple, autant aujourd'hui tout était compliqué.

Le ciel bleu n'y faisait rien. Hier, la pluie avait paré la ville d'une telle splendeur ! Ce matin, le beau temps révélait la saleté, la crasse, la pauvreté.

Charles Berrier avait beau louer un appartement dans un quartier central et bobo, la misère était bien visible, à qui voulait bien regarder. Non loin de la boutique de farces et attrapes, près d'un banc, un adolescent pâle alpaguait les passants pour quelques sous. Son attitude, sa peau, son agressivité, tout en lui indiquait une addiction à l'héroïne ou au crack. Plus loin, une mendiante tendait la main. Alex y déposa deux euros.

La femme les regarda à peine, une lueur de folie brillait dans son œil.

Alex claqua la porte cochère pour s'assurer que le privé ne la suivrait pas. Elle remonta les quatre étages et entra. Le jeune homme était réveillé. Il se douchait.

Au début, le garçon pensa à autre chose. Il lui sourit, il semblait très à l'aise :

— Ça va, tu as bien dormi ?

Ils se mirent à parler de tout et de rien. Peut-être avait-il complètement oublié l'épisode.

Puis il se souvint :

— Putain, le doigt, c'était quoi ce truc ?

— Ça ?

Elle alla chercher le doigt en caoutchouc qu'elle avait négligemment jeté sur le canapé.

Il le considéra d'un air dubitatif.

— Non, l'autre. Le truc chelou, là. Le vrai doigt.

Elle marqua un temps d'arrêt pour lui faire sentir ce que sa question avait d'incongru.

— Le truc chelou, comme tu dis, avec lequel tu as joué hier, c'est ce truc.

— Et pourquoi tu as ça ?

— Pour amuser les hommes qui viennent ici.

Il lui sourit, elle crut qu'il allait lâcher l'affaire mais il insista.

— Non, sérieux. Tu fais quoi avec un doigt en plastique ?

Elle sortit sa panoplie.

— Halloween dernier. J'ai fait sensation, je peux te dire !

Il la regarda en souriant :

— Chelou…

Quand il partit, Alex songea enfin aux échantillons prélevés la veille au restaurant asiatique. Elle sortit de son sac la cuillère enveloppée dans un mouchoir et la boîte dans laquelle elle avait glissé un cheveu. Elle fit deux étiquettes, une pour l'ADN, l'autre pour les empreintes.

Alors seulement, elle se recoucha, avala deux Xanax et dormit jusqu'au lendemain.

8

Confrontation

Alex avait failli mais elle avait beaucoup appris sur Charles Berrier. Et notamment, le mobile possible de Soraya : en pillant sa vie, il avait ruiné ses relations avec ses parents et son frère. À mesure qu'elle rencontrait les proches de l'écrivain, Alex découvrait les traces, les souvenirs qu'il avait laissés. De l'amour, de la haine, ou les deux.

Le personnage traité avec le moins d'égards dans les livres du grand auteur était sans doute Sylvain Pinel. Si l'ami Franck était aussi alcoolique et loser que son modèle, ce personnage récurrent de pauvre type au bout du rouleau, il avait dû beaucoup en vouloir à Berrier de ses nombreux succès. Ou peut-être quelqu'un l'avait-il alerté sur sa ressemblance avec le raté dépeint dans les livres de « son meilleur ami ».

— Est-ce qu'on peut tuer un ami pour cela, parce qu'il a volé une partie de votre vie pour la ridiculiser dans ses livres ?

— Pour la police, répondit Charles, ça risque

d'être un mobile un peu trop romanesque, si tu veux mon avis.

— Sauf pour Soraya. Une accusation d'inceste, ce n'est pas rien.

— Sans compter que le mobile passionnel, la maîtresse assassinant son amant, séduit toujours les lecteurs.

— Et les juges.

Elle sortit. Le détective lui emboîta le pas.

Une impulsion subite, elle se retourna et marcha vers lui. Il voulut faire demi-tour mais elle le prit de vitesse :

— Vous me suivez depuis quelques jours. Vous voulez me parler ?

De près, l'homme semblait plus contrasté qu'elle ne l'avait cru. Il était imposant et devait mesurer plus d'un mètre quatre-vingts, devait peser quatre-vingt-dix kilos. Les cheveux un peu longs, très bruns. Des yeux sombres, des lèvres charnues. De larges cernes presque bleus. L'une de ses paupières tombait beaucoup plus que l'autre.

Son visage aux traits lourds avait quelque chose de rude et délicat à la fois.

Elle essaya de comprendre quelle partie exacte de son anatomie lui procurait ce mélange de dégoût et d'attirance. Sans doute le contraste entre la finesse toute féminine de son nez et l'épaisseur de ses lèvres. Ses yeux légèrement bridés, soulignés d'immenses cernes, son air nonchalant et son corps puissant. Comme il ne souriait pas, son front se plissait et lui donnait un air furieux.

De son côté, il l'observait également.

— Vous savez que le harcèlement de rue n'a pas trop la cote, ces temps-ci ? lança-t-elle.

— Je ne vous harcèle pas.

Il était impassible. Très sérieux. Sa voix était grave, traînante, un peu nasillarde.

Alex passa en revue tous les gens qu'elle avait croisés dans sa vie. Elle qui parlait souvent au second degré avait très rarement rencontré des gens dénués d'humour.

— On va prendre un café ?

Elle avait beau feindre la décontraction, jamais elle n'avait autant eu l'impression de saisir à pleines mains un charbon ardent.

Toujours pas l'ombre d'un sourire. Si ce type n'avait vraiment aucun humour, comment Alex pourrait-elle s'en sortir ? À ses yeux les gens dénués de dérision l'étaient aussi d'humanité.

L'homme déclara imperturbable.

— Je m'appelle Benjamin Brunel. Je suis détective privé. Je cherche Charles Berrier.

QUATRIÈME PARTIE

LE DOUBLE MALÉFIQUE

« Heureux qui, comme Ulysse, a fait un beau voyage,
Ou comme cestuy-là qui conquit la toison,
Et puis est retourné, plein d'usage et raison,
Vivre entre ses parents le reste de son âge ! »

JOACHIM DU BELLAY, *Heureux qui, comme Ulysse*

1

Benjamin Brunel

Alors qu'ils se contemplaient un instant, debout sur le trottoir, Léo voulut montrer à Alex qu'elle pouvait avoir le dessus. Un homme se laisserait plus facilement mener par le bout du nez, pensait-elle, que la femme ou la maîtresse de Charles Berrier. Elle allait parler, être drôle, le séduire, comme elle l'avait fait avec Soraya. Elle pourrait peut-être utiliser ce détective pour distiller de fausses infos. Le jeu était dangereux mais il en valait la chandelle.

— Je ne suis que son assistante, répondit Alex.

— Mais vous savez où il est ?

— Oui. Et il ne veut pas qu'on le trouve.

— Je comprends. Mais moi, je suis payé pour découvrir où il est et ce qu'il fait.

L'homme la décontenançait. Il ne souriait toujours pas. Son expression était celle d'une obstination sans limite.

— Qui veut le savoir ?

— Mon client souhaite rester discret. À ce stade.

Alex balaya une nouvelle fois les hypothèses. Et si elle se trompait sur toute la ligne et que le détective ne la soupçonnât pas de meurtre ? La femme de Berrier voulait peut-être découvrir le nom de sa maîtresse, confondre son époux et le plumer.

Dans ce cas, comme dans celui de Soraya Salam, la mort de Berrier pourrait devenir un crime passionnel. Horrifiée de tout ce qu'elle découvrirait à travers l'enquête de Benjamin Brunel, Isabelle serait folle de rage. L'ingrat osait la cocufier publiquement – car Charles Berrier ne se cachait guère et ne perdait pas une occasion de vanter les avantages respectifs de sa femme et de sa maîtresse – alors même qu'elle l'avait sorti du ruisseau. Elle avait misé sur lui avant qu'il devienne *quelqu'un*. Elle l'avait même entretenu pendant trois ans, alors qu'il écrivait son premier roman. Quand le livre avait été écrit, elle s'était démenée : elle lui avait présenté Sébastien Lamougie. Le premier roman lui avait attiré l'attention des critiques, en partie grâce au réseau d'Isabelle, mais un succès commercial restreint, pour ne pas dire un flop relatif. Alors, elle avait bataillé pour que son père acceptât de prendre son mari dans l'écurie Delmain. Yves avait rechigné : son mari était un obscur scribouillard, il s'occupait exclusivement des droits des gros poissons. Isabelle avait vanté la beauté de la langue, la délicatesse des sentiments. Car elle était tombée amoureuse de cela : les champs, les lacs, les forêts, son regard humaniste, réellement empathique, sur les autres, sur les beautés du dehors, qu'elle avait follement aimé. Tellement plus que l'homme aux cheveux hirsutes qui les faisait naître mais était incapable de la voir, elle qui contrairement aux autres était vivante, et vivait juste à côté de lui.

Grâce à Benjamin Brunel, Isabelle découvrirait l'identité de Soraya. Elle découvrirait la garçonnière, ce symbole de toutes les trahisons, où Franck Legrand ramenait des putes. Elle se vengerait. Elle se vengerait de ses années volées, de son aide constante et jamais reconnue.

Que ferait-elle ? Comment s'y prendre ?

Elle se rendrait dans la garçonnière. Elle tuerait Charles. Elle l'étranglerait pendant son sommeil. Elle roulerait son corps dans le plaid violet et, avec l'aide de son père peut-être, elle le descendrait dans l'impasse et le hisserait dans son coffre. Elle l'emmènerait en forêt. Plus tard, elle nierait tout en bloc et les enquêteurs seraient incapables de retrouver l'endroit où elle se serait débarrassée du corps. Ni corps ni aveux – elle serait peut-être acquittée. Le juge aurait pourtant de sérieux doutes : on connaîtrait son mobile, elle n'aurait aucun alibi – ce soir-là, elle était seule, elle lisait – et il y aurait ses empreintes partout dans cette garçonnière dont elle prétendrait ignorer l'existence. Ses empreintes et quelques cheveux blonds. Son milieu, le doute persistant… elle obtiendrait un non-lieu.

Mais comment être sûre que la cliente du détective était bien Isabelle Delmain-Berrier ?

Ils restaient debout, face à face, à se défier du regard – lui, baissant les yeux vers Alex, elle s'efforçant de compenser leur différence de taille par la fermeté de son regard.

— Vous savez comment il est ? dit-elle. Il se moque un peu de savoir ce que pensent les autres. S'ils le cherchent, s'il leur manque. En ce moment, il n'y a que son livre qui compte à ses yeux.

— Non, je ne sais pas comment il est. Dites-moi.

Elle entrevit une lueur d'espoir. Toujours cette diction nonchalante, mais un vague sourire presque impertinent apparut sur ses lèvres. Elle s'efforça de dissimuler du mieux qu'elle put l'antipathie qu'il lui inspirait.

2

À fleurets mouchetés

Alex et le détective allèrent s'asseoir dans une brasserie sans âme, devant des cafés noirs.

Dans son esprit, Alex poursuivait deux fils de réflexion : elle était attentive à ne pas se trahir tout en s'efforçant d'orienter les recherches du détective. Elle songeait aussi à la garçonnière. Son esprit s'emballait. Plus le temps passait, plus elle devenait méfiante, à la limite de la paranoïa. Et si Benjamin Brunel l'avait volontairement écartée de l'appartement pour laisser entrer un complice ? Et si le complice découvrait le doigt, les cheveux, les boîtes cachées derrière les livres et des DVD – *Madame Bovary* pour Isabelle Delmain, *Top of the Lake* pour Soraya, *Lolita* pour Yves Delmain et Manon à qui elle avait aussi prélevé des fragments corporels.

— Et vous avez le droit de me suivre comme ça ? Ça marche comment ?

Elle avait voulu dire cela d'un ton léger mais les derniers mots l'avaient trahie : elle était partie dans les aigus.

— Je suis en règle auprès du CNAPS, si c'est votre question.

— J'ignore ce qu'est le CNAPS.

— Le Conseil national des activités privées de sécurité. C'est un établissement public administratif sous la tutelle du ministère de l'Intérieur. On travaille main dans la main avec les auxiliaires de justice. Et, dans mon cas, avec la police aussi.

C'est ainsi qu'Alex apprit que Benjamin Brunel était un ancien flic. Il avait travaillé comme OPJ au commissariat de Saint-Ouen. Il expliqua à demi-mot qu'il supportait mal sa hiérarchie. La hiérarchie en général. Il s'était mis à son compte dix ans plus tôt et avait ouvert une agence de détectives privés à Paris, spécialisée dans l'investigation, l'enquête privée et la surveillance.

Ses missions étaient variées : constat d'adultère, recherche de personnes disparues, enquête sur le respect des modalités et droits de garde ou de visite des enfants, contrôle des déplacements, rencontres, fréquentations, emplois du temps, habitudes, pour des enfants ou des adultes soupçonnés de se droguer, d'être alcooliques, d'appartenir à une secte, recherche en paternité, enquête avant mariage, enquête de solvabilité, recherche de débiteurs, etc. L'éventail était vaste. Il pratiquait aussi des investigations pénales et, grâce à ses contacts parmi ses anciens collègues, il semblait avoir accès à de nombreuses informations.

Ils discutèrent de Charles Berrier à fleurets mouchetés. Alex essayait d'éluder les questions en rafale de Benjamin Brunel : où était l'écrivain, qui voyait-il, que faisait-il ? Elle restait vague, prétendait être liée par le secret.

Elle laissa entendre que Berrier n'était pas bien loin. Il circulait entre Fontainebleau, Paris, la région parisienne, il avait la bougeotte, voyait du pays. Des femmes aussi. Il explorait.

Benjamin Brunel semblait perplexe. De façon générale, il semblait né suspicieux.

— Il vous le dicte où, son roman ?

Si Brunel la suivait depuis plusieurs jours, il savait qu'elle ne quittait pas Paris. Il l'avait vue à l'agence Delmain, il savait qu'elle dormait dans la garçonnière et qu'en toute logique soit Berrier n'y était pas, soit il n'en sortait jamais. En revanche, le détective n'avait aucun pouvoir d'enquête. Et, de façon générale, tant qu'aucune information judiciaire ne serait ouverte, personne ne pourrait accéder à ses mails ni la mettre sur écoute. Il faudrait se glisser là, tout résoudre dans ce mince interstice entre aujourd'hui et le jour où quelqu'un signalerait la disparition de Charles Berrier à la police.

— De plus en plus souvent, dit-elle, il me téléphone. Parfois il m'envoie des fichiers audio.

Alex se demanda comment éloigner le danger. Fallait-il écarter le détective en lui offrant un autre os à ronger ? Fallait-il jouer ici la carte imaginée pour Lamougie : devenir sa maîtresse pour endormir ses soupçons et lui faire croire que, par capillarité, il se trouvait tout proche de Charles Berrier ? Cette carte n'était-elle pas encore plus risquée : dès lors qu'elle faisait entrer le détective au cœur du réacteur, ne risquait-il pas de découvrir les preuves que c'était elle qui avait tué Charles Berrier ?

Incapable de déterminer la meilleure option pour se débarrasser de Benjamin Brunel, elle décida de se concentrer sur une rapide résolution de l'affaire.

À la fin de l'entretien, elle retint la main du détective un instant.

— On pourrait aller dîner, un de ces soirs, proposa-t-elle.

Il essaya de cacher sa surprise, il l'évalua. Elle soutint son regard, sans chercher à jouer ni les allumeuses ni les innocentes.

Juste un regard appuyé.

— Pourquoi pas ? dit-il.

Ils se séparèrent sur ce monde possible dans lequel ils devenaient amants.

3

Ne nous soumets pas à la tentation

De retour à la garçonnière, Alex commença par poster un nouveau tweet : « En chaque femme il peut y avoir du bon pourvu qu'on l'y introduise nous-mêmes. » Puis elle fit un point sur les derniers événements. Elle avait manqué de prudence : elle avait laissé un inconnu entrer chez Berrier et voir le doigt. Elle était suivie par un détective qu'elle ne semblait pas avoir convaincu de sa sincérité. Elle devait être plus vigilante, plus ingénieuse et plus rapide.

D'abord, il fallait mieux cacher les preuves qui l'accusaient, au lieu de désigner un autre suspect. Et si on la voyait avec la carte bleue de l'écrivain ? Avec son passeport ? Elle pourrait à la rigueur inventer un bobard sur la « phobie administrative » de Charles Berrier, qui lui demandait de gérer à sa place tous les soucis concrets.

Mais son briquet ? Et les cailloux sanglants ?

Et que penserait le détective s'il tombait sur les échantillons d'Alex ?

Nul doute que l'ensemble de ces éléments finirait par convaincre le détective, puis la police, un procureur ou un juge, puis des jurés, de sa culpabilité.

Avant, on entreposait ses secrets dans des consignes automatiques. Mais depuis Vigipirate, cette pratique était révolue. Devait-elle s'acheter un coffre ? Était-ce vraiment inviolable ou les flics y avaient-ils accès par quelque manipulation inconnue ?

Elle chercha « cachettes introuvables » sur Qwant.

Les hypothèses étaient variées : le système de ventilation, le miroir de la salle de bains, la décoration, les produits ménagers, un aspirateur. Parmi les propositions, il y avait même une tête de laitue en plastique coûtant quatre-vingt-dix-neuf euros.

Dans un premier temps, elle opta pour l'aspirateur. Mais, au bout de quelques jours, rongée à l'idée que quelqu'un, Franck Legrand notamment – mais était-il vraiment le seul à avoir la clé ? –, pourrait entrer à l'improviste et découvrir le doigt dans l'aspirateur, elle se résolut à acquérir un coffre-fort.

Elle le paya en liquide et se le fit livrer à l'appartement.

C'était un coffre-fort électronique avec une étagère. Il mesurait cinquante centimètres de haut, trente-cinq de large et trente de profondeur. On pouvait le visser au sol ou contre le mur à l'aide de boulons.

Alex y plaça tout. Les boîtes en plastique, le doigt, la mèche de cheveux, le briquet, les cailloux, les papiers, et aussi les gants en caoutchouc, sa loupe et sa pince à épiler.

Le coffre était doté d'un clavier numérique et

équipé d'une serrure à clé de deux boulons avec deux clés d'urgence.

À peine eut-elle refermé le coffre-fort qu'elle se sentit envahie d'une vague de bien-être.

Chaque matin, Alex continuait à payer les factures de Berrier, à louer régulièrement des films et des séries sur son compte iTunes, à retirer de l'argent dans différents distributeurs de Paris et de banlieue.

Elle envoyait quotidiennement de nombreux mails du compte de l'écrivain. Sans oublier de s'en envoyer à elle-même sur la boîte ouverte au nom d'Éléonore Delerme. Elle prenait ses rendez-vous. Elle eut notamment une demande de journaliste qui voulait faire son portrait. Elle répondit qu'il voulait prendre du recul, s'immerger dans son livre. « Vous connaissez sa technique mieux que personne, ce n'est pas à vous que je vais apprendre ça », disait Éléonore Delerme. Évidemment, la journaliste ne voulut pas décevoir, elle ne put se résoudre à avouer que non, elle ignorait tout de la technique de Charles Berrier et, au lieu d'insister, elle envoya un smiley.

Le détective, Benjamin Brunel, semblait s'être volatilisé. Il lui était donc plus facile de monter à Montmartre pour retirer de l'argent. Un jour, certaine qu'il ne la suivait pas, elle se rendit chez un grossiste spécialisé dans la vente et dans la fabrication de vêtements et d'accessoires de protection pour différentes professions, notamment paramédicales. Elle y acheta une panoplie de techniciens de scène de crime : gants en latex, charlotte, combinaison intégrale, chaussons en papier.

On était le 22 septembre. Dans sept jours, huit au plus, il faudrait que tout fût fini. Alors Alex se dépêchait de mettre la dernière touche au roman de Charles Berrier. Elle voulait absolument le terminer avant la date fatidique. Elle aurait pu s'en dispenser, bien sûr. Il était tout à fait crédible que Charles Berrier fût tué en laissant un roman inachevé. Mais Alex ne parvenait pas à se résoudre à cette idée.

Entre-temps, des changements étaient survenus dans le livre, presque à son insu. On eût dit que Charles Berrier avait pris sa main pour lui faire raturer et réécrire certaines scènes : notamment, le récit avait glissé au passé. Ça avait engendré beaucoup de conflits intérieurs en Alex. Elle adorait le présent, ses sens multiples, son instantanéité ou son éternité. Pourtant, il fallait se rendre à l'évidence : le passé l'avait emporté. Pourquoi ? Elle n'aurait su le dire avec précision. Le choix avait relevé d'un ordre instinctif, étranger à elle. Elle se demanda si Berrier ne cherchait pas, en lui dictant le passé simple et l'imparfait, à donner à leurs héros, leurs hommes et leurs femmes fantômes, une forme de solennité. Une dimension mythique.

« Le 22 septembre, je scrutais le ciel, espérant que le beau temps, très fragile cette année-là, tiendrait jusqu'aux derniers jours de l'automne, pour que mon fils Paul voie avec moi le soleil d'automne, les feuilles rouges et jaunes, la terre aux feuilles mortes et craquantes.

Nous avons marché, en penchant la tête sous les

branches, relevant les jambes pour éviter les orties, jusqu'à l'eau et là, on s'est tapis tous les deux dans l'herbe, comme j'en avais rêvé chaque fois que je venais là.

Allongés, silencieux, nous avons regardé les libellules, sursautant dès qu'une branche craquait, entendant les ailes d'un canard claquer à la surface, avec ce vol si lourd, moi épaulant par réflexe, visant et chuchotant "Pan" , pour le jeu.

Puis, toujours chuchotant, j'ai expliqué à Paul la marche à suivre au cas où il devrait entrer dans l'eau et qu'il se sente enlevé, parce que l'eau pénétrait dans ses bottes, et qu'il parcourait un endroit au sol mouvant.

"Il faudra, je lui soufflais, te jeter en arrière, sur le dos, surtout ne pas rester debout, où c'est là qu'on s'enfonce, il faudra comme ça ramper jusqu'à la surface. De toute façon, tu ne seras pas tout seul dans un premier temps. Je te repêcherai, moi, s'il arrive quelque chose." Il ne répondait pas et dans le silence je disais "Tu promets que tu iras pas seul ? " et il disait "C'est promis", alors je lui expliquais comment j'avais vu mourir la chienne de mon père, Mareva, dans un étang gelé qui s'était ouvert sous ses pattes.

La bête était montée sur la surface de glace, qui avait cédé sous son poids, et elle s'était mise à hurler à la mort, levant les pattes vers nous, tentant de s'agripper mais glissant, et j'avais voulu courir vers elle, qui nous appelait au secours, mais mon père m'avait retenu par le bras, d'un mouvement sec et violent, disant froidement : "Tu peux rien faire. Ce n'est pas la peine." Quand j'avais relevé les yeux, j'avais vu qu'il pleurait, sans pouvoir détacher son regard de sa chienne hurlant. On l'avait regardée jusqu'à ce qu'elle disparaisse sous l'eau, les bulles crevant à la surface, puis plus rien, on était encore restés quelques instants avant de bouger.

"Il pleurait?" me demandait Paul.

Mais c'était une seule larme.

Soudain, un buisson a bougé de l'autre côté du lac. C'était Fred. J'ai fait signe à Paul de baisser la tête et de se taire.

De loin, elle m'a paru assez belle, plus que d'habitude, avec son sourire de gamine.

Alors je me suis relevé et je me suis approché. Ses cheveux étaient presque blonds dans le soleil de la fin d'été.

Fred a remonté sa jupe blanche. Un morceau de cuisse est apparu.

Paul la regardait aussi.

Il avait à peine quinze ans. Je ne me suis pas méfié. »

L'imminence du dénouement mettait Alex dans un état étrange. Alors même qu'elle n'avait jamais été aussi angoissée, elle commença à réaliser qu'elle allait mieux. Elle n'était plus insomniaque. Elle faisait moins de cauchemars. Chez elle, à Petit-Mars, elle avait le bonheur tranquille, la vie de famille, la beauté de la nature ; ici, à Paris, elle avait l'aventure et une occasion unique de se réinventer.

La nymphe Calypso avait fait oublier pendant sept ans à Ulysse sa femme et sa patrie dans sa grotte enchantée, bordée de vignes et de cyprès.

Et si elle restait là, dans cette vie où mille dangers lui conféraient le sentiment d'exister ?

Alex s'efforça de se délivrer de la tentation. Plus longtemps elle restait, plus fort l'étau se refermait sur elle.

4

Zones blanches

23 septembre 2018

Tout bascula à nouveau le lendemain, le 23 septembre. Elle se trouvait dans la garçonnière, en train de poursuivre le roman de Charles Berrier, quand le portable de l'auteur se mit à sonner. En rafale cinq fois de suite. Alex regarda l'écran. C'était sa femme, Isabelle. Elle finit par laisser un message. Elle était furieuse.

« Comment tu as pu faire ça ? Ton égoïsme dépasse les bornes, Charles ! »

L'écrivain avait oublié l'anniversaire de leur fille, la veille. Si elle ne semblait rien soupçonner de suspect, Isabelle laissait éclater sa colère contre l'infantilisme de son mari. Elle concluait par un péremptoire : « Rappelle-la. »

Sur un deuxième message, elle raconta qu'elle avait été contactée par un drôle de type, un détective privé qui le cherchait.

« Qu'est-ce que tu as fait encore ? » criait-elle avant de raccrocher brutalement.

Ce coup de fil plongea Alex dans un état contradictoire : la fureur d'Isabelle Delmain servait ses desseins. Plus l'épouse de Berrier laissait éclater sa rage, plus elle faisait une suspecte plausible. Mais il fallait pour cela que l'on crût Charles Berrier en vie. Or le fait qu'il eût oublié de souhaiter l'anniversaire de leur fille laissait planer un doute, du moins pour un esprit chagrin comme celui de Benjamin Brunel.

« Rappelle-la. »

Alex commença par chercher l'adresse de la fille de Charles Berrier sur son téléphone. Elle fit livrer un gros bouquet de fleurs, accompagné d'un mot d'excuses. Elle terminait par « Je t'aime ».

Le bouquet était sublime, elle paya avec l'avance du livre.

Puis elle envoya plusieurs textos à Bérénice Berrier.

Charles expliquait qu'il se trouvait dans une zone qui ne captait presque pas. Avoir une conversation était impossible. L'appel se coupait sans arrêt. Il se confondit en excuses, justifiant son oubli par des soucis dont il lui parlerait bientôt. Avec une « folle ».

« Les zones blanches n'existent que dans les séries télé », répondit Bérénice. Apparemment, elle avait l'esprit mordant de son père.

« Si tu quittais parfois les capitales, tu saurais que ce n'est pas une fiction », écrivit Charles Berrier, en terminant par un smiley.

Sa fille finit par envoyer un smiley à son tour. Et Alex respira. Mais son soulagement fut de courte durée. Le lendemain, alors qu'elle répondait aux messages de Charles Berrier, on sonna à la porte. Elle regarda par l'œilleton et vit Benjamin Brunel. De terreur, elle faillit pousser un cri. Elle s'était habituée à le voir au bout de l'impasse, mais jamais dans son périmètre privé. Elle parcourut l'appartement des yeux. Qu'avait-elle oublié ? Elle saisit la carte bancaire avec laquelle elle était en train d'acheter un livre sur le bureau. Benjamin Brunel s'impatienta. Il sonna à nouveau. Alex jeta la carte bleue dans le coffre et le referma.

Alors seulement, elle ouvrit. Le cœur battant. Persuadée d'avoir oublié quelque chose. Un détail qui pût la trahir.

Benjamin Brunel nota qu'elle avait mis du temps pour ouvrir.

— J'étais en peignoir, répondit-elle.

— Charles Berrier est là ? demanda le privé.

Alex secoua la tête, elle était saisie de voir le détective sur son palier. Elle essaya de l'empêcher d'entrer en proposant un café dehors, mais il déclina.

— Pas la peine de vous embêter à descendre. J'en ai pour deux minutes.

Elle était prise au piège. Comment lui interdire d'entrer sans avoir l'air suspecte ? Elle sourit et s'effaça sur son passage.

Il était là. En face d'elle. Il observait autour de lui sans chercher à se cacher. Il paraissait noter chaque détail dans un coin de son esprit.

Elle fit un café court et un décaféiné. Elle lui servit le déca. Avala l'autre et attendit.

— J'ai cru que je l'avais trouvé. Mais non. Il va falloir m'en dire plus, sinon je vais finir par croire qu'il lui est arrivé quelque chose.

— Comment ça ?

— Charles Berrier n'est nulle part. Et personne ne peut me renseigner.

— Et ?

— Et vous apparaissez quelques jours après sa disparition. Comme je suis un homme très basique, je trouve ça bizarre.

Elle cessa de respirer. On y était, cette fois.

— Mes collègues m'ont toujours dit que j'étais parano, quand j'étais flic. Et vous savez ce que je leur répondais ? “Imaginez le pire, vous serez encore en dessous de la vérité.”

Alex laissa retomber sa tasse. Elle ne chuta que de deux ou trois centimètres, ne se brisa pas, mais fit un certain bruit en se cognant contre la soucoupe. Quelques gouttes éclaboussèrent la table, et peut-être le détective – comme il était vêtu de noir jusqu'à la ceinture, c'était impossible d'en être sûre.

— Vous avez compris ? dit-elle.

À son tour, il se figea : qu'allait-elle lui révéler ?

— Compris quoi ?

— Que je suis payée pour le couvrir…

— D'une excursion extraconjugale ?

— Je ne suis pas sûre, il ne m'a pas dit exactement. Comme ça, à vue de nez, je serais tentée de dire que c'est l'inverse.

— L'inverse d'une excursion extraconjugale, c'est quoi : il est avec sa femme ?

— Non, il fuit sa maîtresse ou quelqu'un d'autre.

C'est l'impression qu'il m'a faite. J'ai eu la sensation qu'il se cachait d'une femme.

Le détective fronça les sourcils. L'expression lui donna un air cruel. Il semblait plus déterminé, plus soupçonneux que jamais.

Alex devait faire vite avant que Benjamin Brunel n'ait assez d'éléments pour aller voir les flics. Charles Berrier devait bientôt mourir. Chaque jour où elle le maintiendrait en vie artificiellement serait un pas de plus vers sa perte.

5

La stratégie du choc

Alex referma la porte et s'affaissa par terre. Elle s'étendit les bras en croix mais son ventre la faisait souffrir. Elle se replia en boule. Elle se releva et prit deux Xanax. Elle retourna s'allonger sur le sol. Elle resta ainsi une partie de la soirée, élaborant des hypothèses. Des mobiles. Des noms. Franck, Isabelle, Soraya. Franck, Isabelle… À force d'être répétés comme des mantras, ces mots perdaient leur réalité. Ils n'étaient plus qu'un assemblage de syllabes dénuées de sens, des sons. Ses pensées tournaient à vide.

Alors elle se releva à nouveau pour se servir un verre de whisky, qu'elle avala en se bouchant le nez. Elle détestait ça mais il fallait atteindre une ivresse rapide si elle voulait éviter la tentation de se jeter par la fenêtre.

Son angoisse reflua et elle put à nouveau penser. Elle s'était approchée de Charles Berrier et avait fait la connaissance de ses proches. Chacun réagissait différemment à la présence d'Alex et à la disparition de Berrier. Chacun aurait fait un suspect potentiel, mais d'inégale valeur.

Son beau-père ne semblait pas très inquiet de la disparition de Charles. En tout point, il ferait un piètre meurtrier. La relation des deux hommes avait, semble-t-il, été plutôt fluide. Pas de conflits, pas d'affection particulière, nulle passion mais un solide intérêt commun. Le mobile financier réduisait la supposition à néant.

Sa femme constituait un choix bien plus satisfaisant. Mais croirait-on vraiment à ce scénario ? Isabelle avait déjà accepté d'autres maîtresses. Une femme arrangeante peut-elle devenir jalouse au bout de la cinquième ou de la sixième fois ? Dans la réalité, sans doute. Mais Alex cherchait un récit implacable, qui ne soulèverait aucun doute. Pour cela, mieux valait privilégier la vraisemblance à la vérité. L'argent aurait pu être un mobile mais, Alex le savait maintenant, Isabelle Delmain-Berrier était beaucoup plus riche que son mari. Le tuer pour hériter d'une part de sa maigre assurance-vie n'était absolument pas réaliste.

Il y avait Soraya. Une existence broyée par la littérature. L'écrivain ruinant ses rapports avec sa famille. L'écrivain bien-aimé, qui la trahissait en étalant sur la place publique ses secrets de famille. L'hypothèse était séduisante. C'était même, il faut bien le dire, la meilleure qui s'offrait à l'heure actuelle. Elle retiendrait l'attention des journalistes. Ce serait une belle mort, une mort littéraire.

Pour satisfaisante qu'elle fût, l'option se heurtait à un problème imprévu : Alex avait des réticences à faire accuser Soraya parce qu'elle ressentait de l'affection pour elle. Sa spontanéité, sa franchise la touchaient, alors même qu'elle la connaissait si peu. C'était évidemment le revers de son enquête. En se rapprochant des gens, en entrant dans leur intimité, elle les avait laissés devenir réels.

Enfin, Alex eut une idée. En même temps qu'elle cherchait à découvrir le meurtrier idéal de Charles Berrier, elle devait éloigner Benjamin Brunel de sa piste. Pour cela, elle connaissait la meilleure méthode : détourner l'attention. Le chiffon rouge. Comme dans le livre de Naomi Klein *La stratégie du choc*. La journaliste y expliquait comment des États pouvaient créer ou utiliser des « chocs » tels que des désastres naturels, des attaques terroristes ou une crise économique, pour mettre la population en état de stupeur, de régression infantile, et lui imposer des réformes économiques impensables en temps normal.

Si ces préceptes marchaient pour les États, ils marcheraient bien pour elle. Elle allait les appliquer. Frapper les esprits en créant un choc qui détournerait le regard du lieu où il aurait fallu regarder.

Elle avait beaucoup lu, en son temps, sur le scandale autour de Mehdi Meklat. Cet ex-chroniqueur du *Bondy Blog* et de France Inter s'était créé un double virtuel, Marcelin Deschamps. Pendant plus de quatre ans, Marcelin Deschamps avait posté sur les réseaux sociaux des messages antisémites, misogynes, homophobes, voire faisant l'apologie du terrorisme. Chouchou des médias, Mehdi Meklat avait même posé avec l'ancienne ministre de la Justice Christiane Taubira, en une des *Inrockuptibles*. Une enseignante avait alerté en vain sur les tweets du jeune homme : « Je crache des glaires sur la sale gueule de Charb et tous ceux de *Charlie Hebdo* », « Faites entrer Hitler pour tuer les juifs », « Vive les PD vive le Sida avec Hollande », « Nique sa mère les Français », « Venez, on enfonce un violon dans le cul de Mme Valls », « Ampoules brûlantes dans le cul de Brigitte Bardot », etc. Plus de quarante mille tweets. Finalement, le dessinateur et réalisateur Joann Sfar avait repris l'info, et le Net s'était embrasé.

Dans plusieurs interviews, Mehdi Meklat avait justifié ces posts en se cachant derrière son *« personnage de fiction maléfique », « à l'opposé de ce que je suis »*. Il disait aussi dans un entretien accordé à *Télérama* que Marcelin Deschamps était *« sa part de liberté »*. Un moyen d'explorer les frontières de la liberté d'expression dans un monde devenu trop politiquement correct. Un « personnage de fiction maléfique »... Il avait recouvert ses propos ignobles d'une explication acceptable.

Puis, submergé par le scandale, il avait « provisoirement » quitté la France et s'était littéralement volatilisé. Aujourd'hui, qui pouvait dire où il se trouvait ? Il avait disparu du paysage médiatique et, de ce fait, du paysage tout court. Ni plus ni moins que s'il était mort.

Comment être plus vivant qu'en étant au cœur du volcan ? Comment exister plus que sous le regard courroucé des médias ? Comment mieux apparaître que vêtu du manteau chatoyant d'un « double maléfique » ? Ce soir-là, elle s'assit devant le portable de Charles Berrier et rédigea un nouveau tweet :

« Et une femme qui harcèle un pauvre type, on fait quoi ? On tend l'autre joue ? *#balancetasalope.* »

6

Balance ta salope

Pendant les quelques jours qui restaient, Alex allait rendre l'écrivain omniprésent sur le Web. Montrer qu'on pouvait être absent et partout à la fois. Dès lors, la vie imaginaire de Charles Berrier prit un tournant nouveau.

Mais pour faire naître un tel monstre, il fallait sans cesse alimenter la machine. Il fallait nourrir la bête à scandales. Alex se creusa donc la tête pour poster de nouvelles annonces. Des messages coups de poing destinés à frapper les esprits. Des punchlines. Les petits cailloux semés sur les réseaux, les tweets misogynes, les plaisanteries acerbes sur les hommes « fragiles » devenaient, sous la plume de Charles Berrier, des bombes à retardement.

Mais son imagination en matière de misogynie restait limitée. Elle chercha l'inspiration sur Internet. Il y avait évidemment Donald Trump qui prenait les femmes par la chatte. Mais c'était placer la barre un peu haut, pour une mise en bouche.

Elle tweeta à nouveau : « Harcelé par une folle au QI de 26. *#balancetatruie #mentoo.* »

Puis elle ajouta :

« La bigamie consiste à avoir une femme de trop ; la monogamie aussi. »

Pour terminer par :

« Comment fait-on pour épouser une femme jeune, belle, riche et intelligente ?

— On se marie quatre fois ! »

Le lendemain, elle s'attendait à un tombereau de réactions choquées. Il n'en fut rien. Quelques followers s'amusèrent des plaisanteries de Charles. Pas de choc, pas de scandale. Même pas un semblant d'indignation.

Alex en fut stupéfaite. Charles Berrier, un écrivain doté du prix Goncourt, retweetait des remarques misogynes dans l'indifférence la plus complète.

Elle s'en ouvrit à Yves Delmain :

— Charles file un mauvais coton. Vous avez vu ses tweets ?

Delmain haussa les épaules.

— C'est de l'humour. Il a toujours fait ça.

— C'est de l'humour de mauvais goût, non ?

— L'humour n'a pas de goût, ni bon ni mauvais. Bientôt, on ne pourra plus rire dans ce pays.

Manon hocha la tête.

— J'ai lu. Perso, ça me fait marrer. Tiens, tu lui transmettras celle-là : "Certaines femmes aiment tellement leur mari que, pour ne pas l'user, elles prennent ceux de leurs amies." C'est d'Alexandre Dumas.

Le rire déplaisant de Delmain retentit. Manon se sentit donc invitée à la surenchère :

— Et celle-là : “Le mariage vous apprend la loyauté, la patience, la persévérance, l’humilité, l’épargne... et beaucoup d’autres choses dont vous n’auriez eu aucun besoin si vous étiez resté célibataire.” C’est de moi.

Ni l’un ni l’autre n’étaient offusqués par les propos de Charles Berrier. En ces temps de satiété médiatique, où fleurissaient des clashs en tout genre, les plaisanteries sexistes de Charles Berrier étaient trop mièvres. Alex décida d’aller plus loin.

Et Charles Berrier se remit à tweeter, un cran au-dessus.

« Dupont de Ligonnès avait raison. Parfois, il n’y a pas de meilleurs moyens de les mettre hors d’état de nuire qu’une bonne dalle de béton. »

Avec ça, elle avait frappé fort, peut-être trop. Et si quelqu’un allait clamer que Charles Berrier n’aurait jamais écrit une horreur pareille ? Un appel au meurtre, même drapé du voile de l’humour, restait un appel au meurtre.

Une journaliste, Ève Loriot, appela et laissa un message à Charles Berrier. Cette fois, Alex s’attendait à des répercussions brutales, à des questions indignées, ou à une incrédulité de son interlocutrice.

Mais, sur le message laissé sur le répondeur, Ève Loriot ne mentionnait pas l’événement. La journaliste voulait juste interviewer l’écrivain sur les personnages à la découpe, dont Yves Delmain lui avait parlé lors d’un dîner mondain.

Alex la rappela. Elle assura à la journaliste que Charles Berrier la verrait à son retour, au début d'octobre. Elles fixèrent le lieu et l'heure du rendez-vous, le jeudi 4. Au Café français, place de la Bastille. Alex ne prenait aucun risque : le 4 octobre, Charles Berrier serait mort.

Elle profita de leur conversation pour interroger Ève Loriot sur les élucubrations malfaisantes de son double.

— Charles Berrier a besoin de recul. Vous avez vu les tweets, j'imagine ?

— Oui, j'ai vu. Mais c'est du second degré, non ?

— Sans doute.

Le double maléfique ne suffisait pas : les médias qui avaient fait de Berrier ce qu'il était, une figure de la *hype* littéraire, ne voulaient pas détruire le portraitiste des « citoyens fantômes ».

Plus tard dans la journée, Charles Berrier écrivit :

« Les femmes intelligentes ont tué la féminité. Achevons le boulot qu'elles ont commencé : abattons-les ! »

Rien n'advenait. Alex brûlait d'impatience. Il fallait boucler l'affaire et elle prêchait dans le désert. Elle insultait des sourds. Alors elle se mit à écrire avec acharnement, au fil de la plume. Elle créa à Charles un ami imaginaire, « l'Auteur Aventurier ». Ils allaient boire de l'absinthe et fumer de l'opium. Alex se donnait beaucoup de liberté.

Désormais elle n'utilisait plus seulement ce qu'elle savait de Charles. Elle s'envolait, elle lui inventait des pensées nouvelles, d'autres goûts, elle enrichissait son personnage. Après tout, à l'époque des *fake news*, pourquoi s'embarrasser du réel. À quoi bon ? Plus personne ne le faisait.

Alex procédait de façon inverse : libérée du réel, elle pouvait démultiplier les histoires, les possibles. Elle se lançait dans des récits sur Charles Berrier et l'Auteur Aventurier, d'abord courts, puis plus longs et exaltés. Contrairement à ses croyances initiales, elle découvrait qu'il fallait dire beaucoup pour être crue. Il fallait faire long, noyer les auditeurs sous les détails.

Charles Berrier raconta qu'avec l'Auteur Aventurier il projetait de partir. Bangkok, peut-être. Ou Phuket. L'Auteur Aventurier et lui voulaient aller en Asie, lever des putes de douze ans car « elles seules savent encore baiser sans emmerder le monde ».

Charles Berrier emprunta à Houellebecq ses pires comparaisons entre les mal-baisées occidentales et les mineurs asiatiques. Mais le premier effet ne fut pas celui qu'Alex escomptait. Elle cherchait le scandale national, elle eut une scène de Sylvain Pinel. Enfin, de Franck Legrand. Dans son esprit, les êtres et les personnages qui avaient croisé la route de Charles Berrier commençaient à devenir dangereusement interchangeables.

Franck Legrand devint jaloux de l'Auteur Aventurier. Il écrivit à Charles un texto un peu pincé : « Tu es avec Jérôme ? »

Alex ignorait de qui il s'agissait mais, puisque cela semblait piquer Franck, elle décida d'enfoncer le clou. Et, du portable de Charles Berrier, répondit : « Comment tu as deviné ? »

Franck Legrand : « Qu'est-ce qui te prend, mec, tu as pété les plombs ou quoi ? »

Charles Berrier ne répondit pas.

Au bout d'un quart d'heure, Franck Legrand insista : « Pourquoi tu m'as pas proposé ? Je croyais que tu pouvais pas le saquer. »

Est-ce qu'une jalousie amicale est un mobile de meurtre suffisant ? se demanda Alex. La rancœur de Franck, l'auteur méconnu, envers Charles, l'écrivain célèbre, constituait à coup sûr un vrai motif qui valait qu'on s'y attardât. Cela lui donna une idée : elle allait les faire rompre. Éloigner Berrier de tous ceux qui s'inquiétaient de ne pas le voir, ni recevoir de ses nouvelles.

Alex aussi s'éloignait des siens. C'était étrange, elle s'inventait une vie sans eux et, ce faisant, s'apercevait que c'était possible. Il suffisait de s'éloigner pour que leur présence commençât à s'estomper. Loin des yeux, loin du cœur : la maxime prenait une réalité physique. Même les êtres que nous aimons le plus finissent, quand ils sont à distance, par devenir moins importants. Ou peut-être pas « moins importants » mais « moins vrais ».

« Parce que je m'ennuie avec toi », avait fini par répondre cruellement Charles Berrier.

7

L'envol de Charles Berrier

Quelques associations commencèrent à parler des tweets sexistes de Charles Berrier quand, enfin, la journaliste féministe Mona Chollet évoqua l'affaire sur Facebook. Elle fut relayée par de nombreux anonymes, surtout des femmes. Jusqu'à ce qu'une journaliste de France Télévisions s'insurgeât dans une émission matinale contre ce qui « finissait par ressembler de moins en moins à de l'humour et de plus en plus à des appels aux meurtres ».

Le double maléfique répondit en suggérant à la journaliste d'aller faire un tour en Arabie saoudite pour tâter de la pierre. L'allusion à la charia eut un impact bien plus efficace que les attaques contre les femmes. Tout le monde s'en mêla. On le traita d'islamophobe, de raciste, de misogyne. Charles Berrier sacra Xavier Dupont de Ligonnès du titre d'« homme le plus utile du millénaire », il le présenta comme l'homme idéal, celui qui rompt les amarres et se débarrasse de tout lien familial.

Ils devinrent moins nombreux à le soutenir. Un chroniqueur vaguement philosophe essaya bien d'expliquer que le double maléfique « explorait les noirceurs de l'homme occidental à travers la figure métaphorique de Dupont de Ligonnès », mais s'ils furent beaucoup à l'écouter, ils furent moins à l'entendre.

Charles Berrier enfonça le clou :

« Enterrés sous une chape de ciment, saucissonnés dans des bâches et saupoudrés de chaux vive. Mais pourquoi tuer aussi ses deux chiens ? #*cruautéanimale*. »

Écrire ces messages procurait à Alex un étrange sentiment de liberté. Un défoulement cathartique. Au fond, utiliser l'écrivain pour tweeter constituait pour elle un moyen de tester sa propre part d'avilissement. Il lui permettait d'explorer le monstre en elle et de l'expulser.

Même ceux qui refusaient de déboulonner l'idole furent contraints de prendre en compte ces apologies répétées du féminicide, et le scandale éclata. Il fut relayé par tous : d'abord les réseaux sociaux, puis la presse, et même la télévision y accorda un bandeau, puis un sujet. Les appels sur le portable de Charles Berrier se multiplièrent. Les journalistes voulaient l'interroger, l'inviter sur les plateaux. Berrier répondait par SMS : « Je n'ai pas le temps. Je termine mon livre » ou bien « Parlez à mon cul, ma tête est malade ».

Éconduits, les malheureux s'agaçaient. L'écrivain s'enfonçait, insultait, raillait. Sous leur plume, il était bien vivant.

Il y eut aussi Sébastien Lamougie. Cette fois,

l'éditeur n'essaya pas de joindre Charles, il convoqua directement Alex. Ce qu'il avait à dire n'était guère agréable, c'est pourquoi il préférait passer par un intermédiaire plutôt que s'adresser à l'écrivain lui-même.

Ils se virent donc pour la deuxième fois. L'ambiance était tout autre, déjà. Sébastien Lamougie considéra Alex d'un air un peu pincé, comme si elle eût été coupable des fautes de Charles Berrier.

— Expliquez-moi ce qui se passe. J'avoue qu'ici on est un peu perdus. Qu'est-ce qui lui prend ? Il veut scier la branche sur laquelle il est assis ? C'est quoi, une pulsion d'autodestruction ?

— Il dit que c'est de la littérature, répondit Alex.

— Comment ça ?

— Il dit qu'il a créé un double de fiction, il a fait naître son Hyde.

— Mais qui va avaler ces conneries ?

Sébastien Lamougie semblait si furieux et démuni qu'Alex eut envie de rire. Elle parvint à conserver son sérieux et le fixa d'un air grave.

— Et vous croyez qu'en tant que femme ça ne me touche pas ?

Il eut un geste d'agacement, signifiant que ses considérations personnelles n'étaient rien face au réel problème.

— On fait comment ? Chez nous, on ne peut pas soutenir des positions féminicides !

Il cherchait le Graal : ne pas être assimilé aux dérives de Charles Berrier tout en préservant la manne financière qu'il représentait. Cette position d'équilibriste devenait impossible à tenir, il le sentait et ça le rendait fou. Elle se demanda une fraction de seconde si on pouvait tuer pour ça. Par colère.

Plusieurs journaux avaient déjà contacté la maison d'édition de Charles Berrier pour savoir s'ils cautionnaient les propos de leur auteur ou s'ils comptaient réagir. Ils avaient reculé autant qu'ils avaient pu, il était maintenant trop tard : ils se préparaient à rédiger un communiqué. C'est la raison pour laquelle Lamougie voulait voir Alex, ils avaient une proposition de la dernière chance : avant qu'ils postent leur communiqué, Charles Berrier devait faire ses excuses. Comme pour le stargate. Il s'excusait, ses excuses faisaient grimper les ventes et tout le monde y gagnait. Il était encore temps d'éviter le pire :

— Les gens oublient vite. Charles demande pardon, un vrai truc un peu solennel, un moment émouvant, il reste planqué quelque temps, l'affaire se tasse. Et il revient pour la publication du prochain. D'ici là, tout le monde aura oublié.

— J'en ai déjà parlé avec lui. Il refuse de s'excuser.

— Il est devenu fou.

— J'en ai peur.

— Alors prévenez-le qu'on fera un communiqué demain matin. Ce sera très *light* mais on ne peut pas faire plus. Du genre : on condamne le discours de l'homme, mais on continue à admirer l'auteur.

Alex s'éloignait quand Sébastien la retint. Elle crut qu'il voudrait reprendre leur petit flirt et évoquer le dîner. Il n'en fut rien :

— Et… j'espère que Charles ne nous en tiendra pas rigueur. On est obligés de prendre position. Mais, au fond, ça ne change rien pour nous. Et on espère que pour lui non plus. On publie le prochain en septembre 2020, comme prévu.

Elle sourit et acquiesça.

— Je lui transmettrai.

Pas d'offre de dîner, pas de regard insistant ; elle subissait dans sa chair le désamour pour son patron. Elle comprit que le désir de Lamougie pour elle n'avait pas été d'ordre sexuel : c'était une façon d'approcher un cran plus près Charles Berrier. Mais peut-être toutes les relations n'étaient-elles qu'un moyen d'accéder à autre chose.

Le lendemain, la maison d'édition publiait un communiqué pour se désolidariser des propos de Charles Berrier. Pendant ce temps, Isabelle Delmain était littéralement traquée par les journalistes, qui voulaient savoir où était son mari. Elle leur répondit sans mentir qu'elle l'ignorait mais personne ne la crut.

Alex continuait à faire vivre frénétiquement Charles Berrier. Il ne fallait surtout pas faire retomber la tension mais, au contraire, l'attiser, souffler sur les braises et laisser l'incendie se répandre. Des rumeurs commencèrent à courir : Charles Berrier se serait enfui pour échapper au scandale, il serait parti à Oslo. À Krabi. À Moscou.

Insidieusement, son personnage commençait à lui échapper.

8

Un viol consenti

Grâce au scandale suscité par Charles Berrier, Alex songea à l'hypothèse du suicide. Elle élabora plusieurs scénarios : tantôt, il se jetait à la mer ; tantôt, il sautait d'une falaise ; tantôt encore, il ouvrait le robinet du gaz et disparaissait dans une gigantesque explosion. Le dernier avait le mérite d'être spectaculaire et de justifier une disparition du corps, mais elle paraissait difficile à réaliser. Il faudrait trouver un lieu isolé, où elle ne risquât pas de tuer des dizaines d'innocents. Et elle était très aléatoire : comment s'assurer que tout sauterait, d'autant qu'elle-même devrait rester à une lointaine distance si elle ne voulait pas être soufflée par la déflagration ?

La falaise lui rappelait ces romans japonais, dans lesquels des amoureux sautaient ensemble pour ne pas être séparés dans la mort. Mais hélas, un corps n'est pas soumis aux lois de l'imaginaire, juste à celles de la pesanteur. On devrait donc retrouver Charles Berrier écrasé au bas des rochers et cela était impossible.

De manière générale, un suicide sans corps était difficilement imaginable. Elle-même refusait de croire que Xavier Dupont de Ligonnès eût attenté à ses jours pour cette raison précise. Pourquoi un homme, surtout assoiffé de reconnaissance médiatique, se cacherait-il pour mourir ?

La mer était, aux yeux d'Alex, la solution la plus satisfaisante en tout point : elle justifierait, pourvu que l'endroit fût suffisamment vaste, que l'on ne retrouvât pas de dépouille. Mais surtout, elle contentait son sens esthétique. Charles Berrier était un être mouvant, insaisissable, brillant et pourtant noir, comme l'eau. L'idée qu'il s'y abîmât pour toujours la séduisait infiniment. Il fallait donc s'assurer que l'hypothèse tînt la route auprès de ses proches.

Elle s'ouvrit à Yves Delmain de ses craintes liées au double maléfique : fragilisé par le scandale, Charles Berrier broyait du noir. Elle craignait vraiment qu'il ne fît une bêtise. Son beau-père haussa les épaules : jamais son gendre ne se tuerait. Ce n'était pas du tout son style. En son for intérieur, Alex pensait l'inverse mais ça ne servait à rien.

Comme son père, Isabelle Delmain ne considéra pas l'hypothèse comme plausible :

— Même au fond du trou, Charles s'aime trop pour vouloir se faire du mal.

Restait Soraya. Alex lui proposa un déjeuner pour discuter. Elle savait que la maîtresse de Charles Berrier lui donnerait une réponse franche, elle avait une grande confiance en son jugement.

Entraient également, dans son désir de lui parler en tête à tête, des mobiles plus secrets. Au fond, Alex avait très envie de revoir la quadragénaire à la mèche blanche qui s'était mystérieusement frayé un chemin jusqu'à son cœur.

Quand Alex s'ouvrit de ses inquiétudes pour Charles Berrier, Soraya rit.

— On ne t'a pas dit, Léo : les salauds ne meurent jamais !

En regardant le visage de Soraya, Alex ressentit une brusque lassitude. Elle savait que la maîtresse de Charles le connaissait bien. L'hypothèse du suicide menait à une impasse.

Le reste du déjeuner fut étonnamment léger et joyeux, malgré les circonstances. L'affection d'Alex pour Soraya était réciproque. Avec une perception très précise, Alex vit un nouveau chemin de traverse que pourrait emprunter sa vie. Elle deviendrait l'amie de cette femme précieuse et rare, elle qui n'avait jamais eu d'amie. C'était d'ailleurs la première fois qu'elle se le formulait si clairement. De sa vie, Alex n'avait pas connu de ces affections amicales qui rendent les douleurs moins lourdes et les joies plus vives. De sa vie, elle n'avait eu de compagne qu'elle pût appeler pour raconter un malheur ou, au contraire, un événement anodin mais qui les aurait fait rire. Elle se demanda ce qui, dans son caractère, avait mis les autres filles à distance. Sa transparence, son manque d'intérêt ? À moins que ce ne fût elle qui eût tracé entre elle et les autres un cercle invisible. Peut-être la présence d'Antoine lui avait-elle suffi jusque-là. Aujourd'hui pourtant, elle ressentait cruellement le besoin d'avoir une amie. Elle aurait donné tout l'or du monde pour pouvoir s'ouvrir de sa détresse à quelqu'un.

Assise en face de Soraya, Alex se sentit pour la première fois capable de nouer une vraie relation d'intimité. Peut-être que Léo, en elle, avait ouvert une brèche et que cette brèche resterait désormais ouverte en Alex.

Quand elle lui dit au revoir, elle serra fort Soraya dans ses bras. Elle dissimula tant qu'elle put son envie de pleurer. Heureusement, elle contrôlait ses émotions, afin qu'elles ne pussent jamais exploser qu'au fond d'elle-même.

Soraya dut néanmoins sentir son chagrin car elle lui jeta un long regard :

— Qu'est-ce qu'il y a ? Tu as l'air bizarre.

Ironique qu'il fallût ne plus revoir une femme qui la perçait si bien à jour.

— Rien.

— On se voit bientôt, hein ?

Alex hocha la tête et tourna très vite les talons pour éviter la tentation de se jeter dans ses bras et de sangloter des heures contre son épaule.

Un coup de sonnette. Jamais Alex ne s'y ferait : ces intrusions imprévues lui faisaient toujours l'effet d'une bombe. Son inquiétude se confirma car, derrière la porte, apparut Benjamin Brunel accompagné d'une femme.

— Quelqu'un voudrait vous parler, dit-il. Ma cliente, pour être exact.

Il s'effaça pour laisser entrer une quadragénaire

aux cheveux bruns, très courts. Elle avait des traits durs, coupés à la serpe. Cette impression de sécheresse était renforcée par la maigreur de son corps. Des yeux bleus, si petits qu'ils semblaient des fentes.

— Où est Charles Berrier ? demanda-t-elle sans préambule.

— Certains disent qu'il est à Oslo. Ou à Krabi.

— Mais vous, vous savez où il se trouve réellement. Non ?

— Ça dépend. Qui le demande ?

— Céline Salmon.

Alex invita la femme, ainsi que Benjamin Brunel, à s'asseoir. Elle leur proposa à boire. Benjamin Brunel déclina mais Céline accepta poliment. Alex lui servit un verre. Elle se rassit et attendit. On allait enfin lui révéler le fin mot de l'histoire. De celle-ci dépendait en partie son salut. Si Céline s'avérait une candidate intéressante, Alex n'aurait plus qu'à relever ses empreintes sur le verre et à chercher des cheveux sur le canapé. Selon Edmond Locard, précurseur de la criminalistique, un malfaiteur laissait toujours des traces de son passage : empreintes digitales, fibres synthétiques, cheveux, morve, salive, et autres sécrétions biologiques, et emportait de l'ADN, de la terre ou des fibres qui détermineraient sa présence sur la scène du crime.

L'homme et les lieux qu'il traversait se contaminaient toujours l'un l'autre. Ce principe valait pour n'importe qui. Céline Salmon laisserait donc son empreinte, sous une forme ou une autre. Et, en retour, cette empreinte pourrait être prélevée et déposée sur la scène de crime *alternative* qu'Alex aurait déterminée.

Céline Salmon pouvait aussi représenter non pas un espoir de résolution, mais un danger immédiat, si elle soupçonnait Alex. Il convenait de se tenir au maximum sur ses gardes.

Après avoir bu une gorgée d'eau et jeté un bref regard vers Benjamin Brunel, Céline Salmon raconta son histoire. À l'époque, Charles Berrier et elle n'étaient que de vagues connaissances : ils se rencontraient sur des salons littéraires. C'est lors de l'un d'entre eux, à Bordeaux, qu'était survenu le premier épisode. Ils se trouvaient placés à la même table, l'un près de l'autre. Tout naturellement, ils avaient engagé la conversation. Ils avaient beaucoup bu, ri et discuté.

À la fin du repas, Charles Berrier avait essayé de l'embrasser. Une pression un peu forte, un peu insistante. Elle l'avait repoussé. Il avait eu alors une réaction qui l'avait étonnée : au lieu de s'excuser ou de s'en sortir par une pirouette, il s'était mis en colère. Elle s'était retrouvée de fil en aiguille à s'excuser, balbutiant qu'elle avait subi des violences plus jeune, que le contact des hommes la rendait nerveuse. Il lui avait répondu qu'il détestait les femmes qui se considéraient comme des victimes.

Puis ils ne s'étaient plus revus. Et il y avait eu le stargate. Elle avait mis quelque temps pour penser à lui. Mais l'idée avait fait son chemin et s'était imposée. Il n'avait même pas nié. Elle avait compris à quel point son rejet l'avait humilié. Au lieu d'en être révoltée, elle regretta de ne pas pouvoir rembobiner le fil. Après tout, un baiser n'était rien en regard de cette haine effrayante qu'il semblait maintenant lui porter.

Ils s'étaient recroisés plus tard, il y avait un an, à l'occasion d'un festival. Sauf que cette fois, elle avait désespérément cherché à se réconcilier avec lui. Céline Salmon n'aimait pas les conflits, elle avait fait assaut d'amabilités auprès du grand auteur. Il s'était adouci. Ils avaient parlé du stargate, avaient ri et beaucoup discuté. Et Charles Berrier avait proposé une promenade sur la plage, au clair de lune. Ils avaient échangé un baiser. Céline s'était laissé faire.

Puis elle avait voulu rentrer.

La lune s'était cachée, Charles Berrier avait serré plus fort son bras. Elle avait tenté de se libérer avec douceur. Elle avait dit qu'elle préférait en rester là pour aujourd'hui.

Il lui avait dit :

— C'est trop tard, maintenant. Tu m'as allumé, on va aller au bout.

Une fois ces paroles prononcées, Céline n'avait ni crié ni essayé de se dégager. Elle s'était absentée de son corps et avait laissé l'écrivain l'utiliser à sa guise.

Elle conclut par ces mots étranges :

— C'était un viol consenti.

9

Le double positif

Alex eut le souffle coupé. L'histoire de cette femme, c'était son histoire. Sauf qu'elle s'était défendue. Et qu'elle l'avait tué. Elle eut envie de partager son expérience. Elle eut envie de rassurer Céline Salmon, de lui promettre qu'elle n'était pas coupable. Qu'on réagit souvent à vif, au gré des circonstances. Elle eut envie de la serrer dans ses bras. Évidemment, elle n'en fit rien.

— Pourquoi vous voulez le retrouver ? demanda Alex.

Céline Salmon jeta un regard rapide en direction de Benjamin Brunel.

— Au fil des jours, je suis tombée en dépression. J'ai sombré. Je ne suis plus sortie de mon lit. Je me sentais épuisée, sale. J'ai fini par remonter la pente. Mais quand je suis ressortie, j'avais des envies de meurtre. Je voulais qu'il paie. Je suis allée déposer une plainte. Mais on m'a expliqué que seules des traces de lésions avérées pourraient servir de preuve. Et moi, j'avais consenti. Et de toute façon, trop de temps avait passé. Un an plus tard, début juillet, j'ai reçu un non-lieu.

Mais Céline Salmon n'avait pas renoncé. Si Charles Berrier s'était comporté de cette façon avec elle, il l'avait peut-être fait avec d'autres. Début septembre, elle avait contacté une agence de détectives privés. Celle de Benjamin Brunel, à qui une amie avait fait appel pour prouver l'adultère de son mari.

Elle avait demandé à Brunel de suivre Charles Berrier. L'idée était d'accumuler des preuves sur son comportement de prédateur sexuel et d'appeler d'autres femmes à témoigner. Ensemble, elles réussiraient à renverser le géant.

Sauf qu'il était introuvable.

Céline Salmon s'apprêtait à abandonner quand Charles Berrier avait commencé à poster ses tweets atroces. Ils avaient confirmé ses soupçons. Ce type était un salaud. Et il évoquait une femme au faible quotient intellectuel. Il l'avait sans doute brisée, elle aussi. C'est en lisant ses commentaires sur les réseaux sociaux qu'elle avait repris courage et décidé d'aller jusqu'au bout.

Au nom des victimes de Charles Berrier, passées ou futures, Céline Salmon supplia Alex de leur révéler la cachette de son patron. Par solidarité. Intimement émue par la souffrance de cette femme, Alex ne montra pourtant rien. Elle prétendit qu'elle s'était fâchée avec Charles Berrier. À cause de ses tweets. Depuis, elle n'avait plus de nouvelles.

Céline Salmon insista :

— Vous avez dû rencontrer des femmes fréquentées par Charles Berrier. Ce genre d'histoires se sait, en général. Vous pourriez peut-être m'aiguiller sur quelqu'un.

— Je suis vraiment désolée.

— Dites-moi au moins où il s'est planqué.

— Il était en Île-de-France, je ne sais pas où.

Céline Salmon repartit, déçue par l'égoïsme de Léo, qui refusait la solidarité féminine. Le détective la raccompagna jusqu'au bout de l'impasse. Puis il revint sur ses pas, remonta au quatrième et sonna à nouveau :

— J'ai oublié de vous dire quelque chose.

Il restait là, dans l'encadrement de la porte. Alex était bien décidée à ne pas le laisser entrer. Mais le voisin, devenu Anton Johannsen dans les livres de Charles Berrier, sortit de chez lui. Il se figea en voyant du monde. Et Benjamin Brunel en profita pour forcer le passage.

Une fois dans la garçonnière, il regarda encore les lieux. Puis il dit à Alex en la fixant :

— Je ne crois pas à une disparition volontaire.

— Qu'est-ce que vous croyez, alors ?

Ils étaient debout, face à face. Elle lui arrivait au menton. Ses lèvres épaisses la révulsaient. En même temps, elles l'attiraient comme un aimant. Elle n'avait plus fait l'amour depuis longtemps, elle sentit monter un désir irrésistible. Elle chassa les images érotiques qui affluaient et s'efforça de revenir à la situation.

Il ne lui répondit pas directement :

— J'ai cru avoir une piste, je me suis dit que j'étais parano de vous soupçonner. Mais maintenant, je doute qu'on retrouve Charles Berrier un jour. Vivant, je veux dire.

Il avait dû chercher des informations sur Éléonore Delerme. Jusqu'où pouvait-il remonter ? Il devait y en avoir plusieurs. Il pourrait retrouver la vraie, celle qui vivait à Singapour. Mais il serait dur de la contacter. Il mettrait bien deux ou trois jours pour remonter jusque-là. Alex devrait alors avoir disparu.

Elle ne doutait pas un instant que Benjamin Brunel n'eut prévenu ses amis flics et elle croyait savoir pourquoi ils n'étaient pas encore venus l'arrêter. Établir qu'un homme majeur fait l'objet d'une « disparition inquiétante » suppose d'amasser de nombreuses preuves. Car, par défaut, la police le considère en fuite et s'en lave les mains.

En France, plus de dix mille adultes disparaissent chaque année. Pour la plupart, il s'agit de disparitions volontaires. Des hommes qui ont une double vie et en choisissent une. Des femmes qui veulent fuir leur mari. De simples départs momentanés. Des impulsions de tout quitter, de changer d'air.

Et Charles Berrier, plus que n'importe qui, avait une bonne raison pour disparaître : tous les trois ans, quand il terminait son livre, il s'évaporait de la sorte. Ses proches ne s'en inquiétaient pas. Pourquoi la police le ferait-elle ?

Grâce à l'enquête qu'elle avait menée sur Charles Berrier, Alex pouvait désormais déterminer le meilleur suspect *a posteriori*, celui qui avait le mobile le plus solide, le plus à l'épreuve des balles.

Il y avait son ami Franck, rongé par la jalousie, la maîtresse dont Charles Berrier avait pillé la vie, la femme qu'il négligeait.

Mais Céline Salmon était de loin la meilleure candidate. Elle avait le mobile le plus implacable. Et pour cause, c'était aussi celui d'Alex. Celui qui avait réellement mené à la mort de Charles Berrier.

Alors qu'elle s'apprêtait à faire accuser Céline Salmon, elle hésita. La femme ne lui avait pas plu. Elle était sèche, nerveuse. Mais, d'une certaine façon, Céline Salmon était son double. Et, ironiquement, elle était son double positif, celui qui, malgré le viol, *n'avait pas* tué le célèbre écrivain.

C'est alors qu'Alex comprit *qui* devait assassiner Charles Berrier.

10

Une « disparition inquiétante »

Le 28 septembre, Benjamin Brunel revint, accompagné d'un officier de police judiciaire. Le commandant Marquet se présenta. Il était grand, les cheveux clairsemés. Des yeux marron, la petite cinquantaine – une expression pleine de bonhomie. Durant tout l'entretien, il se montra d'ailleurs souriant et jovial. Il n'y avait, dans sa démarche, rien d'officiel, il voulait juste lui poser quelques questions pour « clarifier la situation ». Il allait également interroger la femme de Charles Berrier, sa maîtresse, ses amis. Des entretiens de routine.

À l'issue de ces entretiens, les flics enclencheraient peut-être une alerte enlèvement. Mais, d'après lui, c'était peu probable :

— Des cas de types qui partent refaire leur vie avec une autre, j'en ai croisé beaucoup dans ma carrière !

Alex n'était pas dupe de ces manières affables. La gentillesse du policier n'était qu'une façade. S'il avait fait le déplacement pour lui poser des questions, c'est que Benjamin Brunel avait commencé à monter un dossier et qu'il avait déjà réuni des preuves suffisantes pour que la police eût envie de creuser. La prochaine fois, elle le savait, ce serait une convocation officielle. Auquel cas elle allait avoir un gros problème avec son identité. Elle ne pourrait pas témoigner avec une carte de mutuelle, encore moins une carte de la Bibliothèque nationale de France.

Il fallait jouer serré, distiller des soupçons en évitant la garde à vue.

Alex répondit qu'elle ignorait où il était car ils s'étaient fâchés.

Le commandant Marquet désigna la valise d'Alex, qui attendait dans l'entrée.

— Vous partez ?

— Je quitte l'appartement.

— Je peux vous demander pourquoi.

— J'ai démissionné.

Le policier insista : quand s'étaient-ils vus pour la dernière fois ? Et où ?

— Ici même – ce matin.

— Racontez-moi.

— Il m'a demandé de poursuivre le roman.

— Il vous a paru anormal ?

— Anormal comment ?

— Tendu, soucieux ?

— Un peu, oui.

— C'est là que vous vous êtes disputés ?

— Oui, je lui ai demandé ce qu'il se passait, pourquoi il disait des trucs si terribles sur les femmes. Je lui ai demandé de quoi il se vengeait ?

— Il vous a répondu ?

— “La peste soit des femmes intelligentes ! Elles nous empoisonnent l’existence ! Elles nous cassent les couilles ! Heureusement pour vous, Léo, vous êtes idiote.”

Le policier sourit, pour l’esprit d’autodérision de Léo qui acceptait de donner cette information plutôt que par complicité phallocrate avec l’écrivain.

— En effet. Ce n’est pas très galant. Et ?

— Et il a tendu la main vers moi et saisi mon bras. J’ai voulu me libérer. Il serrait trop fort. Il m’a attirée vers lui. Je me suis débattue. Pour qu’on ne m’entende pas crier, il m’a appuyé la main sur les lèvres, il a arraché mon chemisier. J’ai essayé de le frapper. Je suis tombée par terre. Il a soulevé d’une main ma jupe tandis que, de l’autre, il m’a maintenue au sol en serrant mon cou.

— Et après, qu’est-ce qui s’est passé ?

— Je me suis débattue. J’ai crié. J’ai appelé à l’aide. On a entendu du bruit sur le palier. Et il m’a lâchée.

Les deux hommes restèrent muets un instant.

— Et après ? Vous avez porté plainte ?

— Non.

— Pourquoi ? Il vous a proposé de l’argent ? Il vous a menacée ?

— Non. Mais j’ai pensé qu’on ne me croirait pas.

— Pourquoi ?

— Charles Berrier est un homme célèbre. Et moi, une femme inconnue.

Le commandant Marquet la regardait avec une certaine compassion ; Brunel, en revanche, semblait abasourdi.

— Venez avec moi, je vais prendre votre plainte.

— Je ne veux pas porter plainte. Et après tout, il ne s'est rien passé.

— Ça aurait pu. Et les autres femmes ?

— Elles n'ont qu'à faire comme moi.

— Réfléchissez bien, s'il vous plaît.

Alex feignit de songer à l'hypothèse. Elle soupira, puis regarda sa montre :

— J'ai un rendez-vous important. Je vous rejoins dans une heure au commissariat.

Le commandant hésita mais ne la contraignit pas à le suivre. Après ce qu'elle venait de leur raconter, il ne voyait pas pourquoi elle voudrait reculer et disparaître. Et de toute façon, il n'y avait pas encore de « disparition inquiétante », et donc pas de mandat, rien qui lui permît d'emmener la jeune femme contre son gré.

En revanche, juste avant de partir, Benjamin Brunel lui glissa :

— Je ne serais pas étonné qu'il y ait une part de vérité dans vos mensonges.

11

Rencontre virtuelle

Aussitôt, Alex se mit au travail. Elle alluma l'ordinateur et tapa frénétiquement sur les touches. Elle pensait à cent à l'heure. Il y avait tant à organiser. Chaque rouage était nécessaire au bon fonctionnement de la machine. Aucun engrenage ne devait se bloquer.

Sous le pseudo d'« Aurore M », Alex s'inscrivit sur un site de rencontres. Elle mit quelques minutes à comprendre le fonctionnement, qui s'énonçait sous forme d'ordres : « Swipez. Matchez. Discutez. » Il s'agissait de balayer des profils, masculins en l'occurrence, sans se tromper de côté : à droite, ceux qui vous plaisaient ; à gauche, ceux que vous jetiez aux oubliettes. Si l'heureux élu vous balayait dans la colonne de droite également, vous pouviez « matcher » et commencer à discuter.

La tâche était fastidieuse. Le site de rencontres, qui pourtant s'apparentait à un supermarché au choix de produits varié et abondant, ne permettait pas de sélectionner de critères physiques précis qui lui eussent fait gagner un temps précieux. On pouvait discriminer selon l'âge et la proximité géographique, mais pas selon la couleur de peau, de cheveux ni d'yeux.

Elle attendit longtemps, jeta de nombreux hommes à la poubelle jusqu'à dénicher enfin la perle rare. Dans sa précipitation, et à cause du geste très mécanique effectué un nombre incalculable de fois, elle le lança à gauche. Impossible de revenir en arrière. Pour obtenir la fonctionnalité, il fallait avoir un profil *gold* ou une ânerie de ce genre.

Si près du but, elle dut reprendre sa recherche. L'heure tournait. Qui sait si, pendant qu'elle cherchait un grand homme aux cheveux roux, Benjamin Brunel ne s'affairait pas de son côté à convaincre la police d'ouvrir les recherches pour « disparition inquiétante » ? Qui sait si on n'allait pas venir la récupérer et la mettre en garde à vue dans les prochaines minutes ? Elle avait confiance en l'inertie de la machine judiciaire mais enfin, on ne pouvait jurer de rien. La célébrité de Charles Berrier pouvait pousser les magistrats à faire du zèle.

Elle balaya, balaya, repoussa un monceau invraisemblable d'êtres humains. Les roux étaient une denrée rare. Quand, enfin, elle en dénichait un, il lui manquait la taille ou la corpulence de l'écrivain. Charles Berrier s'avérait réellement unique en son genre. Comme un dieu, immense, hors d'atteinte.

Heureusement, la palette de choix était si riche qu'un certain nombre de candidats finirent par se présenter. Elle trouva en catalogue le modèle le plus proche possible qu'elle pût. Il portait des cheveux courts mais il fallait s'en contenter. Charles Berrier pouvait les avoir coupés.

L'homme sur lequel elle jeta son dévolu ne devait pas avoir un succès fou car il entama la conversation à un rythme frénétique. Cela signifiait donc que, contrairement au principe de sélection accélérée qui régnait sur le site, il ne communiquait pas simultanément avec plusieurs partenaires possibles. Elle décida de sécuriser sa position en ferrant efficacement son poisson :

« Je n'ai pas fait l'amour depuis un an. J'ai envie de sexe. Et de légèreté. Toi ? »

L'instant de pause qui suivit exprimait sans doute la sidération de « Chess », d'après son surnom. Il se reprit :

« Je suis moins direct que toi ☺. Mais ta proposition m'intéresse ;) »

« Quand ? »

« Je suis libre demain soir. »

Alex sentit monter en elle un élan d'angoisse : demain il serait trop tard, elle ne pouvait pas attendre jusque-là, il lui fallait partir maintenant. Elle prit trois longues inspirations et recommença à penser clairement : il bluffait. Un type comme lui annulerait ses obligations, confronté à une telle bonne fortune. Il n'avait dû lui proposer le lendemain que pour ne pas paraître affamé.

« Le bonheur n'attend pas. Maintenant, tu fais quoi ? »

Une pause de cinq secondes. Puis elle vit aux trois points de suspension qu'il tapait sa réponse. Elle retint son souffle.

« J'enregistre une vidéo pour ma chaîne YouTube. »

Elle souffla. Qu'il s'agît d'une chaîne pour les amateurs de combats aux sabres lasers ou de tutoriels de domotique, ça devait pouvoir attendre.

« Je peux venir ? »

« Maintenant ? »

« Maintenant ou jamais ;) »

Les trois points de suspension. Il écrivait. Puis les trois points de suspension disparurent. Il avait arrêté d'écrire mais n'avait rien envoyé. La vie d'Alex était suspendue tout entière à ce fil ténu qui la reliait au garçon inconnu. D'abord, il n'y eut rien. Puis les trois points réapparurent.

« Maintenant alors !!! »

Il lui indiqua l'adresse de chez lui, à Montreuil.

Le premier rouage était enclenché. Alex regarda sa montre. Une heure venait de s'écouler.

Elle entreprit de nettoyer la garçonnière de fond en comble. Pour ce faire, elle recouvrit ses cheveux de la charlotte, enfila les gants et la combinaison intégrale qu'elle avait achetés. Elle lava les murs, aspira le sol, le passa à l'eau de Javel. Elle fit bouillir les draps, les taies, les couvertures, disposa les couverts dans le lave-vaisselle et le mit en marche.

Une fois que toute trace de son passage fut effacée, elle prit le doigt de Charles Berrier et préleva quelques fils roux de la mèche. Elle déposa des empreintes partout. Elle plaça des cheveux dans la salle de bains, sur le canapé et sur l'oreiller de

Charles Berrier. Elle découpa également quelques rognures d'ongle.

Sur le bureau, elle laissa le roman achevé. Il s'appelait *Recherche au sang*. Elle avait terminé les dernières pages dans la nuit :

« J'ai couru à la maison. Quand j'ai ouvert la porte, j'ai flairé le danger aussitôt. On n'entendait rien. Le salon était vide, la salle télé aussi. Pris de panique, j'ai grimpé quatre à quatre les escaliers vers la chambre de mon fils, Paul.

Avant d'ouvrir, j'ai repris mon souffle. Je désirais tellement le trouver là, endormi dans son lit, bien bordé dans ses couvertures. Je l'aurais regardé jusqu'au réveil, sans bruit, peut-être que j'aurais caressé ses cheveux.

Quand j'ai poussé la porte, je l'ai vu dans son lit.

Ses draps étaient couverts de sang. Sa petite tête d'oiseau avait gardé les yeux ouverts, et ils étaient écarquillés de terreur. Il était laid, déformé par un cri muet. Le sang avait séché en partie sur les draps.

Je ne saurais pas dire si j'ai compris aussitôt. Au fond, peut-être que je le savais. Je n'explique pas autrement ma résignation.

Tout mon corps qui s'est glacé en un instant.

Maintenant, je me dis que j'aurais dû le regarder encore, son visage, ses mains, tout emporter parce qu'à son enterrement c'était trop tard : son corps a été enfermé dans un cercueil trop grand, il est descendu en terre et j'ai jeté de la poussière sur lui. Je ne comprenais pas que jamais je ne le reverrais. Quelque chose en moi croyait que ce n'était pas fini.

Pourtant, c'était vraiment fini : de mon fils, je n'ai plus que des photos. Ce qui me fait le plus mal, c'est que Paul n'a plus jamais grandi. Tu comprends ? Il est toujours resté cet adolescent, son petit visage et son corps inachevé, il ne grandit pas dans ma tête. Alors moi, qui m'éloigne dans la vieillesse, je me décolle de lui.

En regardant son corps, je me disais que je n'aurais pas de petits-enfants, pas de lignée. Ma descendance s'arrêtait là.

Moi qui tiens tant aux liens du sang, le mien s'est déversé en une nuit, il s'est tari à jamais sur les draps blancs de Paul.

Mon corps a fondu. Comme si la disparition de mon fils m'avait arraché la peau. Arraché les nerfs. Mes cheveux sont tombés. Je suis devenu comme certains arbres très fragiles qui perdent leurs feuilles quand disparaît le beau temps.

Si j'écartais mes bras rachitiques, Fred, tu aurais peur de ma silhouette d'arbre mort. »

Elle regarda le manuscrit. Ce serait l'œuvre la plus étrange de Charles Berrier et, elle l'espérait, la plus personnelle.

Avant de partir, elle appela Céline Salmon.

— Moi aussi, dit-elle.

Et elle raccrocha.

Elle sortit sur la pointe des pieds et referma tout doucement la porte derrière elle, pour ne pas déranger l'âme de l'écrivain qui y reposait.

12
Une île

Dehors, il n'y avait personne. Est-ce que Benjamin Brunel l'avait crue lorsqu'elle avait dit qu'elle se rendrait au commissariat en fin d'après-midi ?

Elle portait son sac à dos. Il était rempli de tout ce dont elle devait se débarrasser : les gants, la charlotte, la combinaison. Pour le reste, il n'y avait presque rien : trois culottes, une chemise de nuit, une carte de mutuelle périmée, une carte de bibliothèque, des vêtements colorés, les papiers de Charles Berrier, son doigt, ses cheveux et une poignée de cailloux.

Elle remonta jusqu'au bout de l'impasse. Regarda à gauche, à droite. Personne. Elle prit la rue Saint-Sébastien vers le boulevard Voltaire, où elle emprunterait la ligne neuf pour se rendre à Montreuil.

Soudain, elle l'entendit au détour de la rue. Les semelles. Il était là. Elle se retourna. Elle ne vit personne. Sa raison commençait-elle à lui jouer des tours ?

Elle poursuivit sa route. Les semelles. Elle en

était sûre maintenant : même si elle ne parvenait pas à le voir, il la suivait.

Elle continua à cheminer, comme si de rien n'était. Elle prit la ligne neuf. Comme si elle voulait bifurquer sur la quatre à Strasbourg-Saint-Denis et se rendre Rue-du-Bac.

Elle avait pris soin d'avoir un rendez-vous avec Sébastien Lamougie pour lui remettre la fin du livre. Elle n'irait pas. Ainsi, elle n'aurait pas d'alibi.

Il fallait se débarrasser de Benjamin Brunel. À République, à la faveur d'un mouvement de foule, elle se figea. Les gens descendirent de la rame, d'autres s'y engouffrèrent. Elle attendit une sonnerie, deux. Elle prit son élan et se précipita vers la sortie.

À travers la vitre, elle aperçut Benjamin Brunel, qui la fixait.

À son regard, elle comprit qu'il savait. Il avait toujours su.

Elle se mit à courir dans les escaliers, elle reprit la ligne neuf dans le sens inverse. Peut-être Benjamin Brunel était-il descendu à la station suivante, elle n'aurait qu'un métro d'avance, deux minutes à cette heure.

Elle descendit à Mairie-de-Montreuil et se précipita à l'adresse que Chess lui avait indiquée.

Elle arriva devant un immeuble modeste, pas loin du métro. Cette fois, personne ne la suivait. Elle emprunta une autre rue, marcha un peu et jeta la charlotte, la combinaison et les gants dans une poubelle. Puis elle retourna devant l'immeuble.

Chess vivait au rez-de-chaussée, dans un studio aux stores baissés. L'endroit était quasiment vide, à l'exception d'un matelas posé sur le sol, d'un jeu d'échecs et de trois ordinateurs connectés en réseau. Dans un coin, elle aperçut aussi un objet, peut-être de décoration. Il s'agissait d'un bocal à poisson, empli de riz jusqu'au bord.

Chess s'appelait Arthur, pour l'état civil. Il était grand maître international d'échecs, et onzième joueur français. Il semblait facile à vivre. Rien de saillant, mais une vraie délicatesse. Il proposa un thé à Alex. Il était allé en acheter en attendant son arrivée. Il n'avait pas de bouilloire ni de casserole, mais il avait une tasse et un micro-ondes.

Elle prit le thé. Puis, sans perdre de temps, elle s'approcha de lui pour l'embrasser. Si elle voulait le convaincre de la suivre, il fallait être persuasive.

Il recula. Surprise, elle lui demanda ce qui n'allait pas.

Chess – car, pour elle, il resterait ce surnom qu'il s'était choisi – avait la peau très blanche. Sa rougeur n'en fut que plus visible. Il hésita.

— C'est la première fois, balbutia-t-il finalement.

Elle le regarda mieux. Il avait environ trente-cinq ans. La pigmentation si translucide que son visage et ses mains brillaient dans l'obscurité du studio, un corps mou et blafard, une timidité à fleur de peau.

— Tu fais quoi demain ? dit Alex.

— Je prépare un voyage. Dans deux jours, on part pour Mamaia avec l'équipe que j'entraîne. Pour le championnat d'Europe jeunes.

— Mamaia ?

— En Roumanie.

Elle réfléchit. Elle avait songé à un scénario plus simple, sur les bords de la Marne, mais après tout pourquoi pas ?

— Je n'ai jamais visité la Roumanie, dit Alex.

Et c'était vrai.

En compagnie de son nouvel ami, elle prit un train pour Constanța à vingt-trois heures trente. Il rejoindrait son équipe sur place. Ils partaient de la gare de l'Est. Pour éviter la terreur irrationnelle d'entendre encore résonner les semelles de Benjamin Brunel, elle commanda un Uber. De Paris, ils gagneraient la gare de Mannheim en TGV, puis prendraient un Intercité Express pour Budapest-Keleti. De là, ils emprunteraient un autre train jusqu'à Bucarest, où ils changeraient à nouveau pour Constanța, avant de réserver un taxi pour Mamaia.

Le trajet dura trente-trois heures et dix-sept minutes. Durant ce temps, Alex veilla, dormit sur l'épaule de Chess. Il semblait ébloui de cette promiscuité. Ils mangèrent des sandwichs, discutèrent un peu. Chess jouait des parties d'échecs contre son ordinateur tandis qu'Alex laissait son esprit battre la campagne. Les heures nocturnes, interminables, lui apportèrent leur lot d'angoisses. Elle vit se dérouler les dernières semaines, depuis cette folle nuit du 10 août. La mort de Charles Berrier, sa résurrection, la terreur d'Alex d'être démasquée, ses recherches d'un coupable. L'aube lui fut un soulagement.

Elle se reprit à espérer qu'elle réussirait la mort alternative de Charles Berrier. Une mort moins bâclée, moins fortuite que la vraie, une mort qui aurait la beauté de l'implacable.

13

La mort alternative de Charles Berrier

Autour d'Alex naissaient des paysages nouveaux. Un monde qu'elle n'avait jamais parcouru, des terres qu'elle n'avait jamais foulées ni n'aurait espéré apercevoir. Et voilà qu'à travers la vitre d'un train se dévoilaient des lieux inconnus. Des forêts, des lacs, des vallons. Au détour d'un manoir isolé, la topographie réelle s'approfondissait de réminiscences romanesques. Le comte Dracula, l'attente délicieuse de ce moment où ses dents frôleraient son cou, l'extase de la morsure. Un royaume d'ombres, de plaisir et de sang, dissimulé derrière les façades lugubres.

Soudain, l'aube s'effaça et le soleil perça loin dans la vallée. Au fond, Alex aperçut des montagnes aux cimes enneigées. Un clocher dépassait entre les bouquets d'arbres qui descendaient en pente douce vers une prairie, en contrebas, entièrement piquée de coquelicots.

Ils descendirent du taxi le surlendemain. Le 1er octobre. Il était un peu plus de huit heures du matin. En cette heure du jour et de la saison, Mamaia était déserte. La station balnéaire formait sur huit kilomètres une étroite ceinture de sable séparant les eaux salées de la mer des eaux douces du lac Siutghiol.

Alex et Chess louèrent une chambre au Laki Hotel, en face de la mer Noire. Ils déposèrent leurs bagages et partirent marcher le long de la promenade. La plage était vide, l'eau s'étendait sans une voile au loin. Ils s'arrêtèrent devant un club nautique qui ouvrait à peine ses portes et louèrent un petit hors-bord.

Il était environ onze heures quand ils embarquèrent ensemble. Ils sillonnèrent les eaux, accélérant ou décélérant brusquement, riant comme deux gamins. Puis, vers midi, ils accostèrent sur l'île d'Ovide, sur le lac Siutghiol.

L'eau était verte, la végétation dense. Ils marchèrent dans la forêt, puis parcoururent la jetée au milieu des ajoncs. Ils parlaient peu. Juste quelques paroles essentielles et triviales. Elle lui prit la main, et cette main, qu'aucune femme n'avait jamais prise dans la sienne, elle la porta à ses lèvres.

Elle s'assit sur le sol et contraignit Chess à la rejoindre. Dissimulés dans les herbes hautes, avec la mer pour horizon, ils se serrèrent l'un contre l'autre. Chess était écarlate. Il voulait intensément être là, et pourtant fuir, il essayait de s'absenter de son esprit. Alex conservait toujours sa main dans la sienne et, pour faire revivre les yeux vides, elle suça chacun de ses doigts, les enfonçant jusqu'au fond d'elle, lentement, sans se détourner du regard bleu.

Puis elle ôta au jeune homme son tee-shirt et vit qu'il avait honte de son torse nu. Honte de sa peau laiteuse, de ses taches de rousseur, honte de son ventre gras et de ses épaules étroites. Elle fit glisser son bermuda le long de ses cuisses, puis son caleçon. Il serra ses jambes l'une contre l'autre. Elle le regardait avec curiosité. Il y avait si longtemps qu'elle n'avait plus vu ni touché d'autre corps que celui d'Antoine. Charles Berrier constituait une exception qu'elle ne voulait pas prendre en compte. Il resterait pour elle une ombre, comme si son corps avait dévoré la nuit.

Chess avait un pubis roux, presque imberbe. Elle réalisa qu'il y avait plus de vingt ans qu'elle n'avait plus regardé d'autre sexe que celui du père de ses enfants. La sensation était étrange, confuse. Elle observait la queue dressée de Chess sans désir ni dégoût, mais avec un mélange d'appréhension et de bienveillance. De façon générale, Alex n'était pas très à l'aise avec les relations sexuelles, malgré les années passées à fréquenter le même corps. Et peut-être était-ce cette gêne persistante qui, justement, avait préservé intact leur désir durant si longtemps. Faire l'amour avec Antoine n'était pas un événement banal, c'était toujours un mélange de malaise, de peur, de honte et donc aussi d'excitation.

Là, les choses étaient différentes : Alex ne pouvait se permettre d'avoir peur – Chess était tellement terrorisé ! Alors, avec douceur et fermeté, elle se pencha et prit sa verge entre ses lèvres. Quand elle le sentit sur le point d'exploser, elle écarta son visage et s'assit sur lui. Elle se mit à bouger lentement son bassin, sans le quitter des yeux. La plupart du temps, il préféra les garder clos. Elle le laissa faire, sans chercher à le forcer ni à le brusquer. Mais dès qu'il les ouvrait, elle contemplait avec la même curiosité bienveillante les modifications de son regard – le noir de la pupille gagnant progressivement tout l'iris. Elle commença à sentir la chaleur monter dans son propre corps. Elle en fut heureuse et soulagée, comme si l'équilibre du monde en eût dépendu. Il allait sans doute la sauver : elle devait lui offrir un cadeau inestimable.

Elle jouit en le regardant et, quand vint son tour, il ferma les paupières.

Puis ils se rhabillèrent sans un mot et partirent s'attabler dans l'unique restaurant de l'île. Ils étaient les seuls clients.

Vers midi trente, Alex se leva. Elle s'approcha de Chess, l'enlaça et baisa une dernière fois ses lèvres. De là, elle pouvait voir sa peau devenir aussi rouge que les coquelicots apparus au détour du train.

Elle feignit d'aller aux toilettes et disparut par l'arrière du restaurant.

Elle abandonna le grand garçon roux sur l'île d'Ovide et repartit sans lui.

En regardant le lac Siutghiol autour d'elle, un sentiment de liberté l'envahit. Elle ressentit encore, comme une morsure, la tentation de ne pas rentrer. Ne pas dire où elle était, ne rien expliquer, ne rien justifier. Fuir.

Rentrer, ce serait redevenir transparente, redevenir personne. La femme qu'on place au fond du restaurant avec son mari et ses mômes bruyants. Celle qu'on ne rappelle qu'au bout de plusieurs jours, et jamais le lundi.

Une femme périphérique.

Elle enfila des gants en latex et déballa de son sac les affaires qu'elle avait emportées : le passeport et la carte bleue de Charles Berrier. Elle sortit le doigt de la cellophane dans laquelle elle l'avait soigneusement enveloppé, car il commençait à sentir. Elle prit soin de déposer les empreintes de l'écrivain partout sur le hors-bord. Elle sortit de leur bocal les petits cailloux couverts de sang noir. Elle frotta une couverture pour qu'il restât, sur l'embarcation, l'ADN de l'écrivain.

Elle jeta au fond du lac les papiers et le doigt de Charles Berrier. Elle prit les graviers sanglants et les lança à l'eau. Elle ne laissa sur l'embarcation qu'une poignée de cheveux, un morceau de chemise et la couverture avec ses résidus d'hémoglobine.

Ci-girait un homme talentueux, odieux, insaisissable, à jamais offert à l'eau, au vent et à la littérature.

Alors seulement, débarrassée de ces oripeaux, enfin libre de ses mouvements et de son destin, elle pleura sur la mort de Charles Berrier.

Épilogue : Heureux qui, comme Alex…

Alex reprit la lente, pénible, interminable route du retour vers sa maison. Elle emprunta de nombreux trains. Elle voyagea en seconde classe. Les wagons étaient bruyants, les gens mangeaient des sandwichs, les bébés pleuraient, les gamins plus âgés parlaient fort ou se disputaient, des voyageurs téléphonaient en élevant la voix. La vie reprenait ses droits, elle était criarde, brutale, mal élevée.

Alex eut envie de rire. Après un mois et demi, souvent seule ou avec des compagnons élevés dans le septième arrondissement de Paris, elle avait oublié le tintamarre que menaient les citoyens fantômes décrits par Charles Berrier. Elle eut envie de chanter pour couvrir le bruit de cette foule hétéroclite, de soupirer de soulagement parce que le sang recommençait à circuler dans ses veines. Elle s'apercevait en cet instant combien elle était restée chaque jour sur le qui-vive, comme un animal dans la nature, ne devant sa survie qu'à ses sens constamment en éveil.

Désormais, à mesure qu'elle s'éloignait de la

mort alternative de Charles Berrier, elle se sentait submergée par des sensations contraires : apaisement, peur, joie, douleur. Ses pensées redevenaient insaisissables, comme lors de sa dernière promenade au bord de la Loire. Elles se composaient et décomposaient au rythme des paysages. Les nuages, les cieux gris, verts, violets, l'herbe, les villages, les villes, les zones industrielles, les rails, la vitesse. Elle finit par s'endormir.

Arrivée à Nantes, elle loua une chambre sur les chantiers navals. Elle ôta un à un ses vêtements et, nue, se fit une teinture châtain. Puis elle enfila un jean et un vieux tee-shirt achetés dans une friperie près de la gare. Elle hésita à marcher, comme en pèlerinage, sur le trajet au fil de l'eau mais elle renonça. Elle se sentait trop excitée et tendue pour une balade nostalgique.

Elle entra dans une brasserie et commanda un burger et une bière. Elle avala sa pinte et le contenu complet de son assiette. Elle ne laissa rien, pas une miette. En passant aux toilettes, elle fut saisie d'une pensée étrange. Et si elle restait enfermée ? Jamais, auparavant, elle ne s'était posé la question. Elle serait là, confinée, voudrait s'en aller mais la porte resterait bloquée. Un battement cogna contre ses tempes. Son cœur accélérait sa cadence. Elle sentit une brusque vague de chaleur au niveau du visage. Sa main tremblait en saisissant la poignée. De façon relativement détachée, elle se demanda si elle faisait une attaque cardiaque, avant de comprendre qu'il s'agissait d'une crise d'angoisse.

Le loquet s'ouvrit sans difficulté et elle sortit des toilettes de la brasserie. Ce ne fut qu'une fois dehors, soulagée de respirer l'air moite et tiède d'octobre, qu'elle comprit. Elle était devenue claustrophobe.

Les traces physiques que Charles Berrier avait laissées sur sa peau s'étaient estompées à jamais. Les griffures s'étaient refermées. Les bleus avaient disparu, mais il lui resterait ce legs, qui était peut-être, plutôt qu'une malédiction, un cadeau.

En montant à bord du tram-train qui l'emmenait à Nort-sur-Erdre, elle sentit son ventre se dénouer. Dans un premier temps, elle fut saisie d'un bref élan de joie. Le bruit des roues sur les rails, celui des portes automatiques, la familiarité des paysages commencèrent à faire naître en elle une émotion brutale, inattendue. Puis l'émotion se transforma en sentiment. Un sentiment qu'elle put explorer, et finalement nommer.

De l'anxiété.

Comment allaient-ils l'accueillir ? Voudraient-ils encore d'elle ? Antoine aurait-il trouvé les mots pour expliquer son départ ? Aurait-il cherché à l'excuser auprès de leurs filles ? L'aurait-il excusée lui-même ?

Elle contempla son reflet sur la vitre, alors que le train s'engouffrait dans un tunnel. Sa bonne vieille carcasse réapparut. Ses rides, sa peau moins élastique. Cette fois, elle avait quarante ans. Elle venait de passer la frontière. Non qu'elle en fît un drame, ou qu'elle s'imaginât plus âgée qu'elle n'était – juste qu'elle avait eu trente-huit pendant quarante-cinq jours, qu'elle avait rembobiné le fil de sa vie et ouvert le champ des possibles. Mais le diable réclamait son dû. Le mois et demi était terminé, elle avait fait des choix, pris des décisions. Elle cheminait désormais sur la route qui la ramenait chez elle.

Sur une ligne droite qui n'avait plus de ramifications.

Elle se résigna avec simplicité. C'était cela, sans doute, la maturité.

Un renoncement sans cris. Sans drame.

Elle savait que personne ne pouvait lire sur son visage qu'un mois et demi plus tôt elle avait tué un homme.

Avant ce retour chez elle où allaient s'abolir toutes les vies alternatives de Charles Berrier, mais aussi celles d'Alex, elle avait vécu d'autres vies que la sienne, elle avait créé des personnages, des histoires. Elle avait influé sur le récit de son existence et sur celle des autres.

Maintenant, elle rentrait auprès d'Antoine et de leurs filles. Elle rentrait dans la transparence bienfaisante des humains périphériques. Elle s'enfonçait avec soulagement dans son vieux moi, transparent et inutile, à l'abri du danger et des autres.

Elle pensa à ce Polonais inconnu qui s'était immolé par le feu, en octobre 2017, pour protester contre l'évolution conservatrice de son pays. Il avait distribué un tract pour appeler les citoyens à se rebeller. Il s'y décrivait comme un « homme gris », épris de liberté.

Elle se dit qu'elle aussi était une femme grise, éprise de liberté.

Tandis qu'Alex faisait son deuil de Léo, les rumeurs sur la mort de Charles Berrier se propageaient à la vitesse d'un virus. Certains – une majorité – le croyaient noyé au large d'une île roumaine, assassiné par son assistante personnelle, qui se vengeait d'un viol.

Plusieurs témoignages de femmes commençaient à émerger, corroborant cette version. C'était la version qu'Alex avait donnée à Antoine. En cherchant d'autres victimes, elle avait malgré elle été à l'origine du drame. Quantité de femmes lui avaient avoué qu'il les avait harcelées, caressées contre leur gré, et violées pour certaines. Au moment où Alex avait décidé qu'elles étaient assez nombreuses pour avoir du poids et porter plainte, l'une d'elles avait pris les devants. Visiblement, même si Alex jurerait ne pas savoir ce qui s'était passé, elle avait décidé de mener seule sa vengeance.

La police roumaine avait d'ailleurs largement étayé cette thèse grâce à des preuves scientifiques. Des cheveux de l'écrivain, ses empreintes digitales partout sur le bateau, des traces de sang. Le meurtre avait fait le tour des rédactions. Il avait permis de vendre beaucoup de papier et de faire grimper l'audimat. En cela, il constituait, aux yeux de tous, la meilleure version possible.

D'autres faisaient le pari qu'il avait voulu changer de vie. Il avait tout orchestré et avait fui en

Argentine ou au Brésil. Comme, Alex en était certaine, Xavier Dupont de Ligonnès l'avait fait. Soraya Salam était de ceux-là. Dans la presse, elle s'était élevée contre les rumeurs de viol. Elle s'était présentée, avec la simplicité brutale qui la caractérisait, comme sa maîtresse. Elle y dépeignait Charles Berrier en « connard ordinaire » mais certainement pas en prédateur sexuel. Pour elle, Éléonore Delerme et lui avaient mis en scène sa disparition. Ils avaient tout planifié, d'où la fausse identité de la mystérieuse « Léo ».

Plusieurs Éléonore Delerme avaient été interrogées mais elles n'avaient rien à voir avec la jeune femme rousse recherchée par la police qui, à présent encore, restait introuvable.

Un jour peut-être, l'une d'elles ferait le lien avec Alex. C'était improbable mais possible. On aviserait. Chaque choix comportait un danger. C'était aussi cela, la maturité. La certitude qu'on ne peut pas vivre – sortir de chez soi, marcher sur un trottoir, traverser la rue – sans prendre un risque.

D'autres enfin – rares, ceux-là – pensaient que Charles Berrier avait succombé à un suicide d'un genre nouveau. Il avait été tué par son double maléfique – par sa face haineuse et noire. Son dernier livre testament annonçait assez clairement une scission schizophrénique inquiétante entre les Jekyll et Hyde tapis en chacun de nous. Martin Guerre avait jeté Charles Berrier à l'eau. L'écrivain s'était aboli dans son personnage.

« Voilà, Fred, c'est la fin. Je sais que tu n'es pas responsable. Ou seulement en partie.

Je sais que tu as oublié, au matin, qui tu avais été dans la nuit.

C'est pourquoi je t'ai écrit ce livre.

Pourtant, malgré tout ce que tu m'as fait, je garde la porte grande ouverte à l'autre femme que tu es, la belle, la bonne, la miséricordieuse Fred, celle qui ne ferait pas de mal à une mouche.

À elle, j'offre mon cœur et mon désespoir.

Elle peut venir, à n'importe quelle heure du jour et de la nuit. Elle n'a qu'à pousser la barrière et entrer – je ne ferme jamais la porte.

FIN »

Alors que son corps pourrissait sous le tas de fumier, au fond de la propriété, Charles Berrier continuait à vivre, à se ramifier, à devenir cet être de papier, de rêves, de fantasmes qu'Alex avait fait de lui et qui lui avait échappé.

DU MÊME AUTEUR

Aux Éditions Gallimard

Dans la Série Noire

SON AUTRE MORT, 2019, Folio Policier nº 910

LES CORPS BRISÉS, 2017, Folio Policier nº 880

ET ILS OUBLIERONT LA COLÈRE, 2015, Folio Policier nº 831

L'EXPATRIÉE, 2013, Folio Policier nº 736

BLACK BLOCS, 2012, Folio Policier nº 862

LES YEUX DES MORTS, 2010, Folio Policier nº 656

Dans la collection Folio 2 €

PETIT ÉLOGE DES BRUNES, 2013, Folio 2 € nº 5638

Chez d'autres éditeurs

RECHERCHE DU SANG, Éditions du Félin, 2003

EN PIÈCES, Éditions du Panama, 2006

COLLECTION FOLIO POLICIER

Dernières parutions

743. Anders Bodelsen	*Septembre rouge (Rouge encore)*
744. Patrick Pécherot	*La saga des brouillards*
745. Thomas H. Cook	*Secrets de famille*
746. Ken Bruen	*Chemins de croix*
747. David Ellis	*La comédie des menteurs*
748. Boileau-Narcejac	*À cœur perdu (Meurtre en 45 tours)*
749. Boileau-Narcejac	*Le mauvais œil* suivi d'*Au bois dormant*
750. Ingrid Astier	*Angle mort*
751. Carlene Thompson	*Jusqu'à la fin*
752. Dolores Redondo	*Le gardien invisible*
753. Dashiell Hammett	*Le sac de Couffignal* suivi d'*Âmes malhonnêtes* et de *Tulip*
754. Mario Falcone	*L'aube noire*
755. François Boulay	*Cette nuit…*
756. Didier Daeninckx	*Têtes de Maures*
757. Gunnar Staalesen	*Face à face*
758. Dominique Manotti	*L'évasion*
759. Laurent Guillaume	*Black cocaïne*
760. Jô Soares	*Meurtres à l'Académie*
761. Inger Wolf	*Mauvaises eaux*
762. Jo Nesbø	*Police*
763. Jonathan Ames	*Tu n'as jamais été vraiment là*
764. Jack Vance	*Méchant garçon*
765. John le Carré	*L'appel du mort*
766. Bill Pronzini	*Mademoiselle Solitude*
767. Franz Bartelt	*Chaos de famille*
768. Thierry Bourcy	*Les ombres du Rochambeau*

769. Georges Simenon	*Nouvelles exotiques*
770. Jo Nesbø	*L'inspecteur Harry Hole. L'intégrale, I*
771. Lorenzo Lunar	*La vie est un tango*
772. Nick Stone	*Cuba Libre*
773. Jean-Claude Izzo	*Fabio Montale*
774. Boileau-Narcejac	*Les intouchables*
775. Boileau-Narcejac	*Les visages de l'ombre*
776. Joe R. Lansdale	*Diable rouge*
777. Fredrik Ekelund	*Blueberry Hill*
778. Heinrich Steinfest	*Le poil de la bête*
779. Batya Gour	*Meurtre en direct*
780. Laurent Whale	*Les Rats de poussière I Goodbye Billy*
781. Joe R. Lansdale	*Le sang du bayou*
782. Boileau-Narcejac	*Le contrat*
783. Boileau-Narcejac	*Les nocturnes*
784. Georges Simenon	*Le bateau d'Émile*
785. Dolores Redondo	*De chair et d'os*
786. Max Bentow	*L'Oiseleur*
787. James M. Cain	*Bloody cocktail*
788. Marcus Sakey	*Les Brillants*
789. Joe R. Lansdale	*Les Mécanos de Vénus*
790. Jérôme Leroy	*L'ange gardien*
791. Sébastien Raizer	*L'alignement des équinoxes*
792. Antonio Manzini	*Piste noire*
793. Jo Nesbø	*Du sang sur la glace*
794. Joy Castro	*Après le déluge*
795. Stuart Prebble	*Le Maître des insectes*
796. Sonja Delzongle	*Dust*
797. Luís Miguel Rocha	*Complots au Vatican I Le dernier pape*
798. Caryl Férey	*Saga maorie*
799. Thierry Bourcy	*Célestin Louise, flic et soldat dans la guerre de 14-18*
800. Barry Gornell	*La résurrection de Luther Grove*
801. Antoine Chainas	*Pur*

802.	Attica Locke	*Dernière récolte*
803.	Maurice G. Dantec	*Liber mundi I Villa Vortex*
804.	Howard Gordon	*La Cible*
805.	Alain Gardinier	*DPRK*
806.	Georges Simenon	*Le Petit Docteur*
807.	Georges Simenon	*Les dossiers de l'Agence O*
808.	Michel Lambesc	*La « horse »*
809.	Frederick Forsyth	*Chacal*
810.	Gunnar Staalesen	*L'enfant qui criait au loup*
811.	Laurent Guillaume	*Delta Charlie Delta*
812.	Laurent Whale	*Les Rats de poussière II Le manuscrit Robinson*
813.	J. J. Murphy	*Le cercle des plumes assassines*
814.	Éric Maravélias	*La faux soyeuse*
815.	DOA	*Le cycle clandestin, tome I*
816.	Luke McCallin	*L'homme de Berlin*
817.	Lars Pettersson	*La loi des Sames*
818.	Boileau-Narcejac	*Schuss*
819.	Dominique Manotti	*Or noir*
820.	Alberto Garlini	*Les noirs et les rouges*
821.	Marcus Sakey	*Les Brillants II Un monde meilleur*
822.	Thomas Bronnec	*Les initiés*
823.	Kate O'Riordan	*La fin d'une imposture*
824.	Mons Kallentoft, Markus Lutteman	*Zack*
825.	Robert Karjel	*Mon nom est N.*
826.	Dolores Redondo	*Une offrande à la tempête*
827.	Benoît Minville	*Rural noir*
828.	Sonja Delzongle	*Quand la neige danse*
829.	Germán Maggiori	*Entre hommes*
830.	Shannon Kirk	*Méthode 15-33*
831.	Elsa Marpeau	*Et ils oublieront la colère*
832.	Antonio Manzini	*Froid comme la mort*
833.	Luís Miguel Rocha	*Complots au Vatican II La balle sainte*
834.	Patrick Pécherot	*Une plaie ouverte*

835. Harry Crews	*Le faucon va mourir*
836. DOA	*Pukhtu. Primo*
837. DOA	*Pukhtu. Secundo*
838. Joe R. Lansdale	*Les enfants de l'eau noire*
839. Gunnar Staalesen	*Cœurs glacés*
840. Jo Nesbø	*Le fils*
841. Luke McCallin	*La maison pâle*
842. Caryl Férey	*Les nuits de San Francisco*
843. Graham Hurley	*Le paradis n'est pas pour nous*
844. Boileau-Narcejac	*Champ clos*
845. Lawrence Block	*Balade entre les tombes*
846. Sandrine Roy	*Lynwood Miller*
847. Massimo Carlotto	*La vérité de l'Alligator*
848. Benoît Philippon	*Cabossé*
849. Grégoire Courtois	*Les lois du ciel*
850. Caryl Férey	*Condor*
851. Antonio Manzini	*Maudit printemps*
852. Jørn Lier Horst	*Fermé pour l'hiver*
853. Sonja Delzongle	*Récidive*
854. Noah Hawley	*Le bon père*
855. Akimitsu Takagi	*Irezumi*
856. Pierric Guittaut	*La fille de la Pluie*
857. Marcus Sakey	*Les Brillants III En lettres de feu*
858. Matilde Asensi	*Le retour du Caton*
859. Chan Ho-kei	*Hong Kong Noir*
860. Harry Crews	*Des savons pour la vie*
861. Mons Kallentoft, Markus Lutteman	*Zack II Leon*
862. Elsa Marpeau	*Black Blocs*
863. Jo Nesbø	*Du sang sur la glace II Soleil de nuit*
864. Brigitte Gauthier	*Personne ne le saura*
865. Ingrid Astier	*Haute Voltige*
866. Luca D'Andrea	*L'essence du mal*
867. DOA	*Le cycle clandestin, tome II*
868. Gunnar Staalesen	*Le vent l'emportera*
869. Rebecca Lighieri	*Husbands*

870. Patrick Delperdange — *Si tous les dieux nous abandonnent*
871. Neely Tucker — *La voie des morts*
872. Nan Aurousseau — *Des coccinelles dans des noyaux de cerise*
873. Thomas Bronnec — *En pays conquis*
874. Lawrence Block — *Le voleur qui comptait les cuillères*
875. Steven Price — *L'homme aux deux ombres*
876. Jean-Bernard Pouy — *Ma ZAD*
877. Antonio Manzini — *Un homme seul*
878. Jørn Lier Horst — *Les chiens de chasse*
879. Jérôme Leroy — *La Petite Gauloise*
880. Elsa Marpeau — *Les corps brisés*
881. Sonja Delzongle — *Boréal*
882. Patrick Pécherot — *Hével*
883. Attica Locke — *Pleasantville*
884. Harry Crews — *Car*
885. Caryl Férey — *Plus jamais seul*
886. Guy-Philippe Goldstein — *Sept jours avant la nuit*
887. Tonino Benacquista — *Quatre romans noirs*
888. Melba Escobar — *Le salon de beauté*
889. Noah Hawley — *Avant la chute*
890. Tom Piccirilli — *Les derniers mots*
891. Jo Nesbø — *La soif*
892. Dominique Manotti — *Racket*
893. Joe R. Lansdale — *Honky Tonk Samouraï*
894. Antoine Chainas — *Empire des chimères*
895. Jean-François Paillard — *Le Parisien*
896. Luca d'Andrea — *Au cœur de la folie*
897. Sonja Delzongle — *Le hameau des Purs*
898. Gunnar Staalesen — *Où les roses ne meurent jamais*
899. Mons Kallentoft, Markus Lutteman — *Bambi*
900. Kent Anderson — *Un soleil sans espoir*
901. Nick Stone — *Le verdict*
902. Lawrence Block — *Tue-moi*

Composition APS-ie
Impression Novoprint
à Barcelone, le 16 mars 2020
Dépôt légal : mars 2020

ISBN 978-2-07-289302-5. / Imprimé en Espagne.

365756